U0668809

我们贪食亦贪爱

刘思颖/ 著

▼ ■ ●

北京联合出版公司

Beijing United Publishing Co.,Ltd.

序 <<<

一切有情，皆依食住

长久以来，我一直想要写一本与食物有关的书。

作为一枚资深"吃货"，有时候我会陷入深深的困惑：口腹之欲，到底能给我们带来什么？

在英国读书的时候，做饭是我无聊生活里面为数不多的亮色。在异国寒冷的深冬里，腹中饥馁的我靠着临睡前流着口水翻菜谱，打发掉了不知道多少孤单的深夜。在唐人街昏暗闪烁的招牌里，我异国的青春，是一碗热气腾腾的叉烧饭。

后来，我一个人出去游历，走过了不知道多少个国家。一路上，我遇见偷渡到欧洲的大妈，她非要在火车上塞给我一包茶叶蛋；遇到过一个走了十几个国家，却无论到哪儿都要随身携带电饭煲与家乡大米的独行客；深夜里，还在青年旅馆遇到过为我做阳春面的留学生……

我遇到过许多人，听到过许多故事，品尝过许多菜。

于是渐渐起意，想要把那些破碎伶仃的旧事收拾起来，把熄火渐冷的炉灶重新烧旺，把曾经尝过的饭菜一一重现。

于是，就有了你面前的这本小册子。

我相信，人的味觉是奇异的记忆载体。有时候时过境迁，大脑也许会遗忘，但唯有那点子念念不忘的口舌之欲，会时不时提醒你那些或悲伤或温暖的细节。

书中的主人公，有的是我的朋友，有的纯属是虚构。但大部分的故事都有一个原型，在远远地望着。

年少时候的感情往往很激烈，我们自以为的那些小情绪就是我们的全世界。爱啊，恨啊，我们无所顾忌，我们鲜衣怒马。可等到年纪渐长，我们渐渐发现，等到所有的情绪都慢慢平息，一万声"我爱你"，也抵不过冬夜手边的一碗热汤。

这也是我一直所秉持的观点：满堂盛宴，其实都抵不过素面一把。

日子不是轰轰烈烈，是细水长流。所以，我在书中收录的菜肴，并没有多么动听的名字，也没有太复杂的制作程序，都是平常日子里，随处可见的家常菜。故事里的人物，也许就是在平凡的日子里过着平凡生活的你。

这是一本写给平凡如你我的故事书。我们没有经历过至死不渝、倾城倾国的感情。但就是在这一蔬一食一饭一菜的生活里，我们完成着属于自己的生命哲学。

当你打开这本书，也许是在忙碌一天后的地铁上，也许是在四下无人的夜里，也许是在有饭菜香气伴随左右的饭桌上。我并不指望每一个故事都能够打动你的心，但我希望，在你阅读这本书的某一个瞬间，能够打开记忆匣子，回忆起某一种滋味，想起某一个人。

世界那么大，我们一路走来，风尘仆仆也好，山重水复也罢，在酸甜苦辣的记忆片段、聚散离合的烟火人间里，总有你忘不掉的那碗面，总有你记得清的那个人。

一切有情，皆依食住。我们贪恋的，从来不仅仅是一碗热面汤的温度。

而这，大概也是食物最动人的力量。

目 录

contents

FOOD
LOVE
LIFE

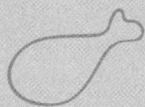

PART

唯美食与爱不可辜负

爱你的人或许只是你生命中再普通不过的骨汤烩锅面 _
不奢华不精致　但味道醇厚朴素　能管饱 _
最重要的是 _
唯独它能够长长久久　安安稳稳地陪在你身边 _
让你心生温暖　心里踏实 _

平淡生活里的刺

那天晚上，我照例和顾小野窝在沙发抱枕堆里听歌，是宋冬野的《平淡生活里的刺》。结尾的时候，宋冬野用他一贯低沉磁性的嗓音说：一个人，一生中可以喜欢很多人。可心疼的，只有一个。

小野却突然低低地笑了，哼。

1

顾小野是我见过做酸辣土豆丝最好吃的女人。

作为一个山东人，对浓油赤酱的热爱是一切友谊的基石。那时候我和小野都刚到北京，我是穷光蛋，她也好不到哪里去。我们租住在酒仙桥一带破旧的老公房里，我靠爬格子勉强混个生计，她在一家小软件公司做出纳。白天她剪干净利落的 bobo 头，穿讲究合身的西服套装，踩 7 厘米不高不矮的细高跟，挤公交车去大山子上班。晚上就换上紧身的皮夹克，背上鼓槌去三里屯打鼓。

没错，顾小野的业余爱好，也就是打个架子鼓。

所以总的来说，她挣得还是比我多的。

但挣得多其实也并没有什么用，因为厕所堵了照样还要我去拿着皮搋子去通，下雨屋顶漏了照样要她挽挽袖子搬个水桶来接。

要说这生活的苦啊，半点不由人。顾小野唱念做打地感慨。每当说起这话，就是顾小野开启发疯模式的时刻。

所以，对于两个穷得一清二白的穷光蛋来说，平日里最大的消遣也就是宵想一下口舌之欲。顾小野挣了钱，就请我去巷子口的串儿摊过把瘾。20串腰子20串羊肉，就一罐啤酒、半碟子花生下肚，这也是老北京的享受。可绝大多数的时候，我们两人还是闷在家里研究怎么把土豆、茄子做出花儿来。

再重复一遍，顾小野是我见过做酸辣土豆丝最好吃的女人。

后来顾小野研究出过一个标准，说最好吃的酸辣土豆丝功夫都在那个"丝"字上。什么叫丝？就是直径不超过1.5毫米，那得是熟手才切得出来。在这个程度上，土豆不用腌渍也能入味，还恰到好处地保持了土豆的脆。急火爆炒出来，一嚼，满口都是嘎啦嘎啦的脆生，老"带感"了！

"你再看看摊子上那些土豆丝，"顾小野一脸恨铁不成钢，"那能叫丝儿吗？啊？那得叫棍儿！"

我翻一个白眼。

可不管怎么说，顾小野都是我见过做酸辣土豆丝最好吃的女人。

嗯，重要的事情得说三遍。

顾小野切土豆丝，那是专业级别。顾小野除了爱玩鼓，再有大概就是玩刀。笨重的葛家大菜刀到了顾小野手上，简直如臂指使。别看顾小野也就 155 的细瘦架子，大腿还没我胳膊粗，可拿起菜刀来简直是另一个人。唰唰唰，刀子白练也似的施展开，就切了满案子薄如蝉翼的土豆片。唰唰唰，再切，就成了丝。捻起来看，果然真真直径不超过 1.5 毫米，端的是神技。

然后顾小野就扬扬得意地扔下刀子，对我颐指气使："去，把土豆丝炒了。"

哦，我忘了说，顾小野这货会切会吃，不爱炒。

2

顾小野是有个恋人的，这事我们都知道。

顾小野跟韩则这档子事，算一算，也真能说得上是青梅竹马了。

顾小野跟韩则是高中同学，不过不是一个班的。就像所有烂俗了的偶像剧，他们俩一个高高在上地在优等生一班，另一个则憋憋屈屈地在普通班里吊着车尾。

说是憋憋屈屈，真是太慢待了顾小野的年少时光。

要说年轻时候的顾小野，在学校里也算是数得上的人物。虽不是老大的女人，身后却有一帮小子等着帮拳。

也不是说顾小野从小就是个小混混，可大院出来的子女，多少都是打断胳膊连着筋的。更何况顾小野从小就展现出了她非同寻常的领导才能。小野父母都忙，从小便只留了顾小野一个人跟着爷爷奶奶过活。爷爷奶奶年岁已高，又加上隔辈更亲，便由着顾小野整日里在家属大院疯跑瞎闹，呼风唤雨。家属大院里年龄相仿的孩子十几个，别管是拖着鼻涕的小姑娘，还是结结实实的小胖墩，竟一个个都被顾小野收拾得服服帖帖。于是几年时光下来，顾小野以一介女流之身拳打敬老院，脚踢幼儿园，遂成此间一霸。

可韩则呢，可是正经高知家庭教养出来的小孩，从小就白白净净、一本正经。五岁读诗书，七岁学钢琴，韩则年少时几乎所有的业余时间都混迹在了少年宫与图书馆。于是一路走来，韩则顺顺当当，成绩永远保持在年级前五，与只知道疯跑疯玩的顾小野自是不可同日而语。

所以说，两个人最后能勾搭到一起，那妥妥的是缘分啊缘分。

我一直私下怀疑，顾小野能勾搭到韩则，绝对是她垂涎人家的美色，于是先下手为强。可顾小野撒泼打滚赌咒发誓，这绝对是个意外。

好吧，那就权当意外吧。反正，也不过是个俗套的美救英雄的故事。

没错，是美救英雄。听说年少的时候，韩则虽然学习好，却也不是只知道学习的"弱鸡"。白白净净的韩则骄傲得像只鹭鸶，打个篮球投个三分什么的，还是很能吸引一些小姑娘目光。而耍帅太过的后果就是，明里暗里韩则不知招了多少人的恨。

球场上的摩擦本来是小意外，可抬头一看，哟，撞人打手的这不是我们好学生韩则吗？再加上周围一圈"花痴"小女生不分场合的尖叫，得，原本推搡几下就能散了的小场面可就轻易不能放过了。

事态迅速演变成了两方对峙，叫嚣的、帮拳的、看热闹不嫌事大的，就剩下一个韩则被孤零零围在了正中央。

说来也是巧，当顾小野万年难得一次地路过那片操场时，正赶上对方一个篮球砸上了韩则的眉骨。要说顾小野和韩则虽然是同校同级的同学，但其实也没见过几面。要真是硬扯关系，大概也就是迎新晚会上两人的匆匆一面。所以我们都说，那天韩则能逃出生天，真心要亏了顾小野那天心情好。

向来自诩大姐大的顾小野见此情况，二话不说，抄起场边的篮球，"咣"一声砸向对方老大的眉骨，然后拉起韩则一路飞奔出了对方的包围圈。

很久以后，韩则说："顾小野，我这辈子再没见过像你这么疯的女人。"

3

韩则就这么进入了顾小野的生活。或者换句话更妥当，是顾小野就这么生猛不羁地闯进了韩则的生命，简直堪称浓墨重彩。

其实本质上讲，顾小野绝对是个好姑娘。她不抽烟，不喝酒，不说脏话。顾小野不动不笑不说话的时候，单看她精巧的下巴和白皙的皮肤，你会以为她是一个淑女。

但你又实在不能把她看成一个单纯的乖乖女。顾小野的头发永远乱七八糟的像个鸟窝，脸上带着惺忪的倦意。顾小野最不耐烦穿裙子，喜欢贴身牛仔裤配 10 厘米的细高跟鞋。顾小野最喜欢肆无忌惮地露齿大笑，或者毫无形象地四仰八叉。顾小野还好美人，爱快车，在美女品鉴这件事情上，她比一个男人还男人。

总之，顾小野是一个奇怪的女人。

顾小野有一辆老式的复古摩托车，是她用从 13 岁就开始攒来的钱买的。当我们还在骑着凤凰自行车灰头土脸地上学的时候，她早就骑了拉风的摩托车风驰电掣。而自从韩则从了顾小野，也义无反顾地坐上了顾小野的后座，头上戴着的那顶藏蓝色的小头盔成了灰暗县城的亮色。

顾小野其实是有一种来自骨子里的浪漫的，具体体现在她不定时的抽风。她会拉着韩则逃课，在上午空荡荡的大街上闲转，坐在路边马路牙子上看美女的大腿，然后不正经地吹口哨，活脱脱一个小流氓。她还会带着韩则夜里十二点出发，开三四个小时的车，驱车百余公里，只为赶上一个据说天气绝好的清晨，然后在海边凌晨四点的熹微晨光里为韩则弹一首新写的情歌。

再后来，韩则也学会了骑摩托车，于是后座上的人就换成了顾小野。

他们趁着晚自习结束，宿舍尚未熄灯的那点空隙，偷偷翻出宿舍大门，然后顾小野坐在韩则的摩托车后座上，一起追一段火车尾灯黯淡的光。80 迈呼啸而过的风里，是她和他散落的青春。

后来的韩则出落得极吸引人，尤其是女人。人们说韩则身上有一种致命的性感，在那么多灰头土脸的男人里，只有他细节严整，潇洒从容。可熟悉的人都知道，他所有的情趣浪漫与洒脱不羁，都承袭最初的顾小野。

这样的一个女人，是的，那时候的顾小野就很难称之为"少女"了。这样的女人，对一个情窦初开的少年来讲固然有种致命的诱惑，可对于少年的父母，就是不折不扣的邪门歪路。从两人在一起之初，韩父韩母就旗帜鲜明地反对过。且不说高中生的早恋本就是禁果，单单凭顾小野的出身做派，就让韩家父母看不上眼。这样一个毛里毛躁的小丫头，如何配得上自家品学兼优的儿子？

从顾小野勾搭上韩则，韩家父母就少不了地横挑鼻子竖挑眼。韩家父母早先是早一批的留学生，留过洋的二位是讲究开明教育的，并不会明着给难堪。可对于韩则这个小女朋友，却是从头到尾都挑不出"满意"二字。长相不够甜美，学习不够优异，性格还过于彪悍。从韩则带顾小野回家的那一刻，两人就开始与韩家父母明里暗里打起了游击战。

"还好，韩则还是爱我的。"顾小野回顾这几年的恋爱，无不感慨。

是啊，还好，韩则还是爱顾小野的。

大一到大四，韩则的痴情传遍了整个校园。

没人知道，顾小野是发了什么疯。明明她是一个那样自由散漫的人，却在高三那年完全改了性子。韩则是学校出了名的好学生。顾小野呢，固然算不上很差，但成绩跟韩则的成绩相比却只能是望尘莫及。老师家长原本想，高考之后，韩则必然是要考到魔都帝都的好学校去的，顾小野呢，也就安安分分地待在本地，上一所不好不坏的大学。这段感情，倘若真能走下去就是造化，走不下去倒也没什么坏处。

年轻嘛，谁没个年轻的时候。

可谁承想，两人却一道发了疯。顾小野固然改了吊儿郎当的性子，发愤图强。韩则这般理智的人，竟也在最后关头放弃了帝都名校，迁就顾小野去了不知名的外地大学。此举一出，满校哗然。从此之后，韩家父母再也看不上顾小野。

但不管怎么样，两人终究还是如愿走到了一起。

4

顾小野生性爱自由，韩则就是能牵住她的那根地上的线。本质上讲，韩则确实不是一个浪漫的人，他说不了太多的甜言蜜语，他只是踏踏实实地爱着顾小野。

从大一到大四，从相聚到分离，韩则和顾小野没有辜负每一刻的青春。那时候他们都很穷，虽然现在也穷，但那时候似乎更惨一点。因为韩则的自作主张，韩家父母断了韩则的经济来源，于是两人的生活费就全靠韩则打工挣来的钱和顾小野手中一星半点儿的生活费。

为了生计，韩则打过各种各样的工，在学校食堂收拾碗筷，做过倒泔水的小工，到小饭馆做切菜的帮厨，甚至是当过宿舍楼道的卫生员。韩则算不上有钱人家的少爷，可在这之前也是十指不沾泥的。当顾小野第一次在食堂后厨里见到围着围裙、一身油腻的韩则时，这个整天就知道没心没肺、疯跑瞎闹的女人差点掉下泪来。

韩则扎煞着双手，在厨房的烟熏火燎下原本堪称白净英俊的脸上汪起了一层油。他手足无措地看着扑到自己怀里、哭得像个孩子一样的顾小野，半晌说不出话来。直到顾小野手忙脚乱地拿出家里寄来的存折硬往韩则手里塞，韩则才浅浅地叹了口气。

顾小野的父母每次寄来的生活费也就将将够维持两人基本的生计。韩则浅浅地叹口气，从口袋里掏出不多的几张大钞，然后和存折一起塞回顾小野的手心里。"女孩子是要好好打扮的，"韩则说，"别委屈自己，想买什么就买吧。"

"所以说，"后来的顾小野总结，"买买买才是一个男人最动人的告白。"

这样的苦日子，直到上届学长介绍韩则去做了家教才有所好转。韩则做家教的地方离两人的住处有半小时的车程，为了省钱，韩则要走一段路程再乘车，以此省下转车的一块钱。省下的一块钱，韩则就从小区门口买一个热热的茶叶蛋，密密地封好，然后放到顾小野的枕边。冬天冷，顾小野就把茶叶蛋揎在手心里，像是一枚小小的暖手炉，照亮那间租来的、破旧的、阴暗的、潮湿的地下室。

人家说，贫贱夫妻百事哀。那段日子，是顾小野过得最艰苦、最贫穷，但也是最甜蜜的日子。

租不起好房子，两人就找了破破烂烂的校工宿舍楼做歇脚之处。在校工楼阴暗潮湿的半地下室里，顾小野第一次学会了用报纸糊墙。

她从学校图书馆的看守大妈那里半哄半骗来一大箱过期报纸，一个人哼哧哼哧地扛回家，然后细细地贴上胶条，遮盖住斑驳脏污的墙面。

为了省钱，顾小野剪掉了从初中时就留起来的长发。顾小野天生就带着一点儿自来卷儿，于是短发里就总有一撮乱发不服帖地翘着，配上她瘦削的躯干，就仿佛一个发育未完全的小男孩儿。韩则总喜欢摸着顾小野的乱发亲昵地喊"我的小孩儿"，如同顾小野真的就是那个他疼到心窝里，捧在手心里的小孩儿。

可小孩儿的躯干里却可以迸发出非同一般的爆发力。韩则惯常是不在家的，顾小野就穿了韩则的旧衬衣，挽了松松的袖子，抓起放了两人衣服的沉重大包，一个过肩就甩上了房梁。顾小野还接过私活，给小公司做账。这样的活计向来是量大时间紧，顾小野就挑灯夜战，一熬就是几个通宵。

后来，顾小野甚至学会了做饭。顾小野做梦都没想过，自己满脑子的诗和远方，有一天会变成满腹的柴米油盐。顾小野原本以为，自己一辈子都不会碰油盐酱醋铲瓢刀勺这样的俗物，可之所以拿起刀，也不过是因为韩则无意中的一句"我妈喜欢会做饭的女孩儿"。

在做饭这件事情上，顾小野是下了苦功夫的。可奈何这种事情和音乐画画一样，多少需要点天赋。顾小野固然能弹出婉转动听的吉他声，打出激情四射的鼓点，可依然掩盖不了她在厨艺上的天赋缺陷。

顾小野并没闯下过什么乱子，更没有烧掉过厨房，她做出来的东西只是正常水平的不好吃——说不上哪里不对，可又好像哪里都不对。几年的贫寒日子留给顾小野最大的馈赠，大概就是她那一手出神入化的刀工了。纵然调味需要天分，可切劈削砍却可以后天习得。韩则曾在无数个寒夜里捧起过顾小野伤痕累累的手，最终却只能化作一声叹息："你又何必这样，让我心疼。"

从大学到毕业，从找工作到做"北漂"，看到顾小野和韩则一路走来的经历，我们想，如果这都不是爱情，那还有什么值得相信？

5

谁也没想到，竟然是韩则先提了分手。

那是顾小野和韩则来北京的第三个年头，也是他们在一起的第九年。

都说七年之痒，顾小野平安度过第七年的时候，还只当那是笑谈。毕竟，那样辛苦的日子两人都曾依偎着走来，如此深情厚谊，怎么可能在马上就要见到曙光的时候，就烟消云散了呢？

可当顾小野亲眼见到韩则身边的娇小女孩时，生活狠狠打了顾小野一记耳光。

恋爱中的女人，都有着猎犬一样敏锐的神经，随便拉出去一个都有做福尔摩斯的潜力。何况顾小野只是天真，不是傻。

顾小野是从韩则衬衣上的褶皱看出端倪的。尽管多年的艰苦生活几乎已经把顾小野改造成了一名勤俭持家的主妇，但骨子里的懒和散漫，却是怎么改也改不掉的。我们打一个鸡腿的赌，顾小野肯定熨烫不出那样挺括干净的褶皱——能把衣服烫成这样的，一定是个真正的淑女。

铁证如山下，韩则终于还是承认。新欢是韩家世交的女儿，说不上名门，却也是书香。姑娘清清秀秀，眉目间透着江南姑娘特有的水润。见到那姑娘的照片，我们恍惚就想起了顾小野精致的侧脸，是与不动不笑的顾小野如出一辙的精细。只是比起顾小野，姑娘少了桀骜，多了温婉，是韩家父母会喜欢的模样。

面对顾小野的失望和愤怒，韩则只是厌烦地摆摆手，我只是累了。

九年来，韩则确实倾心爱过，心疼过。父母不喜欢顾小野，韩则是知道的。顾小野始终不是一个可以安于相夫教子的贤妻良母，哪怕她愿意为韩则改变那么多，可她骨子里并不是。这点，韩则也总归明白。年轻时候的韩则以为，他和她与这世间的平常人总是不一样的。面对爱情这朵绚丽奇异的花，现实的那点灰头土脸怎么能够阻拦自己的满腔热血？可当真的在现实里挣扎，在尘世间撞得头破血流，韩则才不得不承认，现实，才是最后的终极 BOSS。

韩则后悔了。

韩则后悔当年为什么一时冲动选了这所不知名的大学，韩则后悔为什么没有听父母的劝告，留在家乡找一份清贵悠闲的工作，甚至，韩则开始后悔，自己为什么要爱上顾小野。

韩则终究只是一个普通又平凡的男人，他想要的只是一个家庭，一个老婆孩子热炕头的家庭。他早已经不再是少年的模样，转过头来的韩则，只是一个满身疲惫，在现实生活中被磨去棱角的中年男人而已。顾小野纵有千般风情万种好，可他爱上的终归是一匹野马。而他，没有草原。

"你快点长大吧顾小野。"在最后，韩则说，"我总不能照顾你一辈子。"

6

关于故事的结尾，其实我犹豫了很久。私心里，我是希望能有一个完美的结局的，像童话故事里的最后结局，王子和公主从此过上了幸福的生活，或者话本小说里浪子的回头。哪怕是言情小说里恶俗得不能再恶俗的相爱的人彼此误会，然后冰释前嫌。这终归也是一个让人欢喜的、团圆的故事。

可我知道我不能。

在这个故事里，没有生离死别，没有波澜起伏，没有冰释，没有误会，甚至很难说有伤害。这只是一对平常男女在现实里的无可奈何。

韩则终究还是离开了顾小野。我不知道在最后说的那声"再见"，韩则有没有后悔，后悔自己的年少轻狂，后悔终究敌不过时间的爱情。

在韩则离开之后的很长时间里，顾小野一直不知道怎么面对一个人的生活。或者说，她不知道应该怎么面对曾经坚信的那些事情。在这段感情中，甚至在那么多人里面，唯有顾小野固执地在现实面前做一个少年，头破血流也不肯让步。唯有她，在日月变换、星移斗转里坚定地挽留早已流走的年少时光。以为捂住眼睛，就可以不去面对世界的变化无常，所以等再张开双手，顾小野才发现早就变了模样。

他们故事的结局就好像一个哑然的句号，明明开始得如同一段宏大叙事的前奏，让人满怀着希望，可结束得却潦草黯淡，就显得格外虎头蛇尾。

顾小野问，我真的错了吗？

我羞愧地低下了头，无言以对。

<h1 style="text-align:center">7</h1>

再后来，顾小野也离开了北京。

顾小野走的时候，只有我去送她。她依然保持了常年积累下来的变态执行力，即使刚失恋，依然干脆利索地打包全部家当提前寄回家，理智严谨、井井有条得简直令人发指。

于是等她人走的时候，就只剩下了随身的双肩包，和多年不离的木吉他。

还好，还好，总算是保住了洒脱颜面。

临别的火车站，我不知道该说点什么。面对顾小野这样一个女人，你总会觉得，说那些伤情离别的话，总有点不好意思。好在顾小野也不打算煽情。车来了，她拍拍我的肩膀："走了，有缘再吃你炒的土豆丝。"她突然扬眉一笑，"老规矩，我切，你炒。"

在那一刻，我仿佛又见到那个在那间狭小逼仄的厨房里，兴高采烈切土豆丝的顾小野。挑一枚土豆，削皮，去疤。唰唰唰，切成薄片；唰唰唰，削成细丝。她眉眼弯弯，残酷生活的逼仄没能爬上她眉梢。

大概，她活得也像是一颗大土豆。从泥土里扒拉出来，带着野地里热辣新鲜的泥土味儿，在一层层地托劈砍削中露出洁白的胴体，永远心怀勇气，永远浴火重生。

所以，还有什么可担心的呢？尽管顾小野的架子鼓已经蒙上了一层灰，她剪得短短的、翘起来像小男孩的短发又长长了寸许。可我知道，顾小野还是那个哪怕生活再艰辛，也总是怀揣希望翘起嘴角的小孩儿。

在很久很久的以后，她也许会再次爱上一个眼神明亮的少年，然后和他走一段载歌载舞的旅程。也许她会一个人孑孑独行，自己看这世间笑语笙歌、繁花似锦。可不管怎么样，她始终眼神清澈，无所畏惧。

她就像爱情本身，在强大的现实面前也许脆弱得不堪一击，却又能在艰难的缝隙里开出奇迹的花。天真本身，就是她抵御现实的武器。

她是平凡生活里的一根刺，是寡淡盛宴上的一道酸辣土豆丝。她上不得台面，却热辣辣地接着地气，她呛得你死去活来刺得你痛不欲生，可因其疼痛，所以真实。

而勇气和真实，才是爱情的本质。

酸辣土豆丝做法：

1. 取新鲜大土豆一枚，削皮去疤切丝，放入加过白醋的清水中浸泡，防止氧化变色；

2. 锅中放油，油热后放入葱、姜、蒜、干辣椒爆锅；

3. 土豆丝放入油锅中爆炒至断生，加入少许生抽、白醋、盐调味；

4. 盛盘，撒少许葱花调味即可。

无非求碗热面汤

婚姻对于一个女人究竟有什么意义？尤其对于一个像淼淼这样富足而独立的女人来说。

淼淼是坚定的不婚主义者，不是拖着拖着年纪大了嫁不出去，淼淼是真不想嫁。用她的话说，我有车有房有存款，生活富足身体健康内心强大，又没有强烈的繁衍欲望，干吗非要跟自己找不痛快，去找个男人？我图什么呢！

于是已经年过三十的淼淼优哉游哉过着单身贵族的日子，自由又舒服，最重要的是，神色之间并无半点焦虑，她是真的享受这种生活。

为了这点自由，淼淼与父母抗争多年，甚至不惜只身跑来国外，就为了躲避三姑六婆们催命一样的指指点点和异样眼光。这么多年下来，淼淼的父母早已死心，何况淼淼早就经济独立，也奈何她不得，只好放任自流，也就真让她晃晃悠悠单身到三十多，半点不着急。

但淼淼是有足够的底气说这话的。

淼淼十八岁读大学，在全国最好的外语大学读比较文学，外语精通三四种，会说七八种，简直让我这单学个英语还说得磕磕巴巴的"学渣"恨不得一头撞死在地上。

十年的时间里，淼淼拿了两个学士、一个硕士、一个博士学位，后来干脆留在德国做助教，专门研究美学里面某个我搞不懂的奇葩流派，淼淼是真"学霸"。

除此之外，淼淼还与朋友合伙开了个小贸易公司，专做化妆品进出口的生意，赚得满盆满钵。一年下来，杂七杂八赚的钱足够她过得舒心自在。

这倒也就算了，这样的淼淼最多就是一"学霸"女博士，充其量是聪明还会挣钱的女博士。不得不说，上帝造人的时候真是偏心。

淼淼如今年过三十，却还是一副小姑娘的样子。皮肤白皙，脸色红润，身材窈窕，腿细胸大，跟她一起去酒吧，来搭讪的男人多半去找她，特别伤我这真小姑娘的心。这据说是要归功于多年来的舞蹈训练。

没错，淼淼还是个会跳舞的"学霸"，拉丁、肚皮、恰恰，无一不精，有专门的教练证，甚至可以在游轮上打份零工，专门做巡回表演。所以，淼淼的不婚主义也就不难理解了，对于这样的淼淼，真不知道得什么样的男人才能般配得起。

我与淼淼就是在游轮上认识的，她正同她的英俊舞伴在游轮上做巡回演出，除了一天两场一场半小时的演出，其余的时候管吃管住还有工资，日子过得不要太惬意。

游轮巡航动辄五六天起，但那次不巧，整艘船几乎要被开party狂欢的挪威学生占领，中国人统共就没几个，所以，舞者里一张黑发黑瞳黄皮肤的面孔也就格外引人注目。

　　淼淼的拉丁舞跳得极好，身体柔韧，眼神魅惑，连女生都忍不住要动心。演出结束下来一攀谈，居然同是中国人，我们俩自然也就多了几分亲切。接下来的四五天里，我与淼淼就顺理成章地黏在了一起，岸上船上都不落单。淼淼甚至干脆掉换了舱位，搬下来与我同住三等舱。

　　起初我不好意思，看淼淼与舞伴的互动便知二人关系匪浅，要是一不小心做了电灯泡可就尴尬了。但淼淼不在乎，"前男友，没关系"，大手一挥潇洒极了。

　　后来才知道，这位长相英俊的舞伴的确不是淼淼的现任男友。

　　淼淼的正牌男友另有其人，据说是一个金发碧眼的德国帅哥，是淼淼读博时的同窗。二人兴趣相投，又有共同语言，刚读博没多久就在一起，至今已经五年有余。

　　我惊讶，五年的感情早该修成正果，但淼淼似乎对此漫不经心。

　　淼淼读哲学，最欣赏萨特与波伏娃，欣赏他们的学问，也欣赏两人开放式的伴侣关系。只可惜在这一点上能志同道合的男人着实太少，至少连同为哲学博士的男友对后者也无法苟同。

　　淼淼对此十分苦恼，因为据说男友已经开始悄悄策划求婚了。

　　"我是真的喜欢他啊，可为什么非要用一纸婚约束缚彼此？"淼淼纠结，于是我结识淼淼的时候，正是她甩开男友来游轮演出找清静的时候。一来算是度假，更重要的是，淼淼需要足够的时间去思考究竟是不是应该接受一枚戒指，从此选择安定而平庸的生活。

　　在游轮上，淼淼给我阐述她之所以犹豫的理论基础。

说真的我半点没听懂，不过在最后我还是忍不住八卦了一句："那你怎么想？真要结婚吗？"

"说不准，"淼淼皱皱眉，"但我总觉着，那样的生活与我所想的实在相差过远。更何况，"淼淼耸耸肩，"更何况，你看我像是能安下心来相夫教子的女人吗？"

"那是因为你还不够爱他。"我说。

"不够爱吗？也许吧。但又有谁值得我去爱而胜过对自己的爱呢？"

我知道淼淼是真心纠结，但听到淼淼这么说，我心想，这婚怕是结不成了。

后来我重游德国，正好路过海德堡，便去淼淼家借宿一晚。淼淼依旧是老模样，但房子里并没有她交往五年的男友，更没有新婚的丈夫。淼淼看起来满不在乎，"早就已经是过去式了"。果真如我所料，男友最终求婚不成，被淼淼一口拒绝。

淼淼还是不愿意放弃自己的自由生活，于是走不进坟墓的感情只能暴尸荒野。

男友负气而去，没过多久就另结新欢，曾经为淼淼准备的戒指与嫁纱也顺理成章地披在了另一个女人身上。淼淼倒是一派云淡风轻，旧的不去新的不来，但眼中的黯然却无法忽视。

再后来，淼淼身边的男友来了又去，可再没有一个入得了淼淼心里。

我暗自叹息，淼淼恐怕一辈子真的就会这么一个人过下去了吧。

可我没料到的是，在我回国后没几个月，淼淼就在微信里欢天喜地："我要结婚啦！"

照片里淼淼笑容甜美，身着白纱，笑意盈盈地挽着一个长相朴实的男人。

"中国人？"我诧异。

"是啊，还比我小两岁呢！"淼淼扬扬得意。

"哈，当年是谁说要结婚还不如一个人来着？"我嘲笑淼淼。

"可是，他会做好吃的烩锅面！简直无法拒绝。"

"吃货！难道一碗烩锅面就搞定你了？我还会做更好吃的酱油炒面、豆角焖面呢！女神你来不来投奔我？！"我开玩笑。

淼淼却笑笑说："你不懂。"

淼淼遇到如今的未婚夫正是她处在最艰难的一段日子时。

与德国男友分手后，淼淼也谈过几个新男友，只是再也找不到当初和德国男友在一起时的默契。

新谈的男友更是渣男，除了一张脸能看之外再无可说之处，劈腿被捉奸在床不说，分手后甚至搬走了一起租住的寓所里所有值钱的电器。淼淼虽不差钱，也不差男人，但遇到这样的极品前男友也觉得像是吃了苍蝇一般地恶心。

而就在这时候，淼淼的母亲又因为恶性高血压住院。

淼淼的母亲身体一直不太好，淼淼是家中独女，父母心里其实一直希望她可以回国。一来离得近些方便照顾，再来，虽说父母嘴上说着随便淼淼单身，但私心里还是觉得女儿不肯结婚只是因为国外没合适的对象，在国内选择面一广，想不结婚也难。于是趁着这次淼淼母亲住院，二老明里暗里敲打淼淼，让淼淼直接回国工作算了。

这让淼淼有苦难言。这段时间又恰恰赶上淼淼的研究到了关键的阶段，淼淼要时刻与小组成员保持沟通。一个月里，淼淼往返中德数次，一边照顾母亲一边赶论文进度，其中辛苦自不必说。

而更难熬的还是心理的压力，母亲的病情、父亲隐晦的期盼、男友的翻脸无情、连轴转停不下的工作，各种事情赶在一起简直要逼淼淼崩溃发狂。

而这时候，淼淼遇见了他。

交集是在某次学院里的聚会上。在酒精的刺激下，一帮子被论文研究逼得熬绿了眼睛的博士助教们统统把平日里的矜持与斯文抛在了脑后，在酒吧里闹哄哄地群魔乱舞，逮住人就要来个一醉方休。

这正合淼淼心意。淼淼此时正被生活里的一摊子正事、杂事搞得一个头两个大，于是多少也有了借酒浇愁的意思。别人劝酒，淼淼来者不拒，喝着喝着就喝茫了，这时候正好遇见了他。

新男友，哦，不，现在应该算是未婚夫，是淼淼的学弟，当天正被朋友拉来参加学院的社交。

淼淼与他并不熟，不过虽然不是一个专业，但好歹是一个学校的校友，抬头不见低头见的，多少也混个脸熟。在此之前，淼淼并没有多关注过这个貌不惊人、不声不响的学弟。

这也不能怪淼淼。一直以来，淼淼的追求者甚众，身边多得是英俊的、才华横溢的，甚至是有钱有貌的男人，而像师弟这样面目平庸、言语木讷的人，简直是砸进人堆里都认不出来。

但在那个时候，淼淼刚被她帅气但无耻的前男友恶心到，对于学弟这样平庸的长相反而心生亲切。而且他也有他的优点，虽然言语不多，但句句精妙，谈吐有趣。淼淼素来喜欢美丽的大脑胜过美丽的外表，再说了，淼淼有点自暴自弃地想，保不准就是一夜露水的姻缘呢，现在看着顺眼就行。

聚会散场，男生送淼淼回家，淼淼故意问他要不要上去坐坐，没想到男生想了想说"要不去我那里吧，离这里不远"。

说真的，淼淼其实是失望的，原来觉得有那么点不同的他，其实也不过是凡夫俗子，看到的也不过是一具肉身皮相。不过淼淼想，顶多不就是夜夜情变一夜情吗，下床之后谁认识谁？本着无可无不可的态度，淼淼答应了。

学弟的住处是很典型的男生宿舍，不算干净但也不算太乱。唯一不搭配的是，他居然有一个占据了小半个厨房空间的超大冰箱。见淼淼好奇，男生腼腆笑笑，我平时喜欢做饭，说完就自顾自地扎进了厨房。

起初淼淼以为他只是去倒杯红酒什么的调节气氛，可左等右等不见人出来。淼淼没耐心，索性也跟进了厨房。可没想到的是，厨房里男生连衣服都没换，围了个围裙，挽着袖子，正在簌簌地切小葱。见淼淼进来，他不好意思地笑笑："你饿了吧，我想给你做点东西吃。"

淼淼惊讶，就像在电影院明明买了《色·戒》的票，谁知道放出来却成了《喜宴》。

见淼淼面露讶异，男生有点羞涩："你别误会，我没别的想法。"踌躇一下，他说："其实这两天我遇到你好几次了，你一直没在意。不过你看起来挺辛苦的，是不舒服吗？每次遇见你都只是吃点饼干、三明治。所以，我有点担心。"他脸色泛红，"你别嫌我冒昧，但我真的只是想请你吃碗面。"

他说得没错。淼淼确实已经很久没有吃过像样的食物了。从母亲生病开始，除了飞机餐，淼淼几乎没再吃过什么热的饭菜。在学校，时间紧、任务重，又有这么多糟心事堵着，淼淼早没了好好吃饭的胃口。绝大多数的时候，淼淼并不觉得饿，只是理智在告诉淼淼该是进食的时候，淼淼才会想起用几片面包、三明治打发掉自己的午餐、晚餐。让淼淼没想到的是，他居然一直知道。

见淼淼发愣，他笑笑，转过身继续忙活着手里的食材：小葱、白菜、瘦肉切丝，用一点葱、姜炝锅，放入白菜、瘦肉炒软，加入一钵鸡汤。汤滚开后放面条，煮熟后卧上一枚荷包蛋。他端着一碗汤汤水水放在淼淼面前："赶紧吃吧，吃饱了胃暖和了，也就没什么坎是过不去的了。"

"你能想象吗？Summer，"事后淼淼拍大腿，"他真的就只为了做一碗面给我！我这么一美女都跟他回家了，他居然就真的只做了一碗面！别的什么都没做！"

"你当时啥感觉？是不是特感动？"我打趣淼淼。

淼淼认真地想了片刻，才说："当时也没有多感动，只不过在那一刻，我突然觉得饿。"

大概在那一刻起，她就已经动了心吧。淼淼遇见过的男人千千万，有人在乎她的容貌，有人欣赏她的才华，也有人单纯觉得她幽默有趣。可偏偏只有他，看见过她的痛苦无依，也偏偏只有他，曾在宿醉的深夜里为她端上过一碗面。

"你曾经说过，婚姻对于你毫无意义。"婚礼前的单身 party 上，我问淼淼，"那现在呢？婚姻对你真的有意义了吗？"

淼淼愣了一下，大概是没想到她的一句话我竟然记了这么久。但她还是认真地想了想，然后坚定地说"有意义"。

她望着那头忙碌碌的未婚夫笑得温柔："遇见他之后我才明白，我想要的婚姻，不过是一碗烩锅面。无论在什么时候，无论多苦、多累、多难熬，总归会有一个人，他会知道我饿，知道我的伤，会记得在我无助的时候捧上一碗面。你知道这种感觉吗，"淼淼笑笑，"踏实。"

所以，别问我婚姻的意义究竟是什么。婚姻大概就是在你觉得冷的时候，他愿意为你添把柴；在你无助的时候，他愿意为你做碗面。这就是婚姻，他是你生命中的一碗骨汤烩锅面，不奢华不精致，但味道醇厚朴素，能管饱。最重要的是，唯独它能够长长久久、安安稳稳地陪在你身边，像淼淼说的，让人心生温暖，心里踏实。

骨汤炝锅面做法：

1.小葱取葱白切葱花，蒜切片，姜切末备用；

2.大白菜取叶子切成丝，瘦肉切丝备用；

3.油锅烧热，葱、姜、蒜爆过后加入瘦肉炒至发白，再放入白菜叶子炒软；

4.加入事先留好的高汤，放入适量的盐、胡椒粉调味；

5.另起一锅，面条冷水入锅，煮熟备用；

6.将煮好的汤和浇头浇在面上，卧上一枚荷包蛋即可。

面条也可以直接放在高汤中煮，但分开煮能使面汤色泽清冽，口感更好。

当童话落幕

1

她是我见过的最可爱的姑娘，却也是最迷糊的。

她是我的大学同学。那时候都还是二十出头的年纪，可唯有她最显小。我第一眼见到她，就觉得玉雪可爱、楚楚可怜。带点婴儿肥的脸颊上还有一点褪不去的粉红色，活像是小时候摆在窗边的洋娃娃，连女生都忍不住要捏捏她肉乎乎的脸颊。

她是我在英国认识的第一个同学，就且叫她安安。

安安原本就是南方水乡人家里的小姐，父母皆殷实开明，于是人便有了一派明丽的娇憨天真。南方男人惯会做菜，用安安爸爸的话讲，女人哪里该是做饭的，手养得粗了可怎么办？于是南方姑娘也便二十余年未碰过锅铲，养得一双水嫩嫩似春葱般的手。

所以，从安安到宿舍的第一天起，我们就知道，安安在做饭这件事情上，是帮不上什么忙的。

2

可出国在外，怎么可能一点儿都不学着料理这生活里琐碎的柴米油盐呢？尽管安安出国前，父母千叮咛万嘱咐："囡囡可要找个会做饭的同住呀！"可等汉堡、比萨、三明治吃腻了，该下厨房还是要下厨的。

说真的，安安不是不上心。我们也曾拖着安安去超市，可临到结账，才发现安安一购物车都是零食、饼干、冰激凌。"这里的菜太奇怪，我都还认不全呢！"安安委屈地嘟嘴。好吧，英国蔬菜长相确实清奇，拿着笋瓜当黄瓜，拿着黄百合当黄花菜的笑话都实在太平常。这个……真真怪不得安安。

安安也不是没有试着学做菜：青沥沥的小葱切段，红艳艳的番茄码块，最后打上两个黄澄澄的鸡蛋。可青葱刚一下锅，溅起的热油就吓得安安丢下炒锅便跑，连铲子掉在地上也顾不得。油溅到安安手背上，安安的手上迅速鼓起一个小红包，半天消不下去。

这次"工伤"的后遗症彻底浇灭了安安学做饭的欲望。从那之后，安安再也不肯靠近灶台，端菜的时候都恨不能隔着三丈远。不过安安也是好性子，任凭我们三五好友揶揄嘲笑也不为所动，肯刷碗肯洗菜，却是再不肯见明火热油。炉火上的铁锅于安安似乎是伤人的怪兽，只隔三步远，安安就觉得危险。

时日久了，我们便都明白，安安怕是再也不会拿起锅铲做饭煲汤了。不过好在她在吃上并不挑剔，给什么便吃什么，好养极了。一间宿舍住四个人，最不缺的就是厨子，反倒是安安这肯刷碗的最难得。于是一搭一档，日子也过得安闲愉快。

3

我们本来都以为，这样搭档着过几年留学时光倒也不是什么坏事情。可一学期转眼过去，她便转学去了另一个城市。

临走之前，闺密聚餐，聊得最多的不是新城市、新学校，反而是安安的饮食问题。个个都忧心忡忡："安安啊，到了那边，你可怎么吃饭呢？"

说真的，安安去了新城市，着实也过了一段时间的苦日子。

要知道英国那种除了伦敦就是乡下的地方，就算有钱，能买到的也多不过油炸的鸡腿、速食的比萨。于是 QQ 上、微信里，安安抱怨得最多的大概是学校食堂的三明治冷冰冰没滋味，自己煮的水煮面太潦草且不好吃……抱怨得久了，我们便都劝，干脆再试试学做饭吧，不求中餐西餐样样精通，可好歹也能混个肚圆腹饱。一个人孤身在外，怎能没有一技傍身？

安安不是不动心，于是我们约好，等期中考试一结束，便重聚小普村，誓要把安安调教成绝世大厨。

可没想到，还没等那一天到来，安安竟有了升级版方案——交男朋友。

安安与唐渊的爱情故事，仿佛就是电视剧的剧本。我们听了，只能感慨现实果然比小说还梦幻。

故事要从安安暑假回国说起。

安安所在的城市偏安江南一隅，小城不大，但郊外还算有几处名胜颇为出名，也算是个不大不小的旅游城市。所以每年春夏之交，总有周边大城市里来的游客来此游山玩水。而那天，唐渊就是其一。

说来也是巧，安安向来是路痴，别说分清东西南北，就连在自己家门口都可能迷路。所以，当安安听到唐渊问路的目的地自己恰好知道的时候，那种爆棚的成就感让安安想都没想就答应带唐渊过去。

何况，唐渊还是一个如此丰神俊秀的美男子呢。

其实坦白说，唐渊若真论长相，也算不上最出挑。可胜就胜在一身文质彬彬的好气质，眼睛细细长长，笑起来双眉弯弯，满眼的潋滟波光，让人联想到古时候的歌谣：有匪君子，其温如玉。

总之，唐渊与安安的第一面，就算说不上一见钟情，但绝对赚足了印象分。

再见是在机场。正是临近新学期开学的时候，想想回去后要面临的全然陌生的新城市，安安一个人坐在机场紧张得直发抖。然后，安安又听到那把温润的嗓音："你好，请问去23号登机口怎么走？"

安安抬头，果然，又是他。

这便算认识了。安安知道了他的名字，叫唐渊。和他的人一样，充满儒雅斯文的书卷气。再聊一聊，两个人的目的地竟然是同一座城市，又是同一所大学的学生，学的还是一个专业。

要不怎么说是缘分呢。

后面的事情不用我多说，老天都帮到这里了，两人倘若还不在一起，"叔可忍婶都不可忍"。

4

总之，回学校后没多久，安安就正式跟唐渊在一起了。

两人虽说是同一学院同一专业，但唐渊高安安一级，算是师兄。唐渊在那座城市生活多年，各处都算熟悉，而且，唐渊的确把安安安顿得很好。

其实唐渊是极细心的人，从第一天报到，唐渊就一路带着安安从东跑到西地办手续、交资料、拿饭卡，趁路上的空当还把今后安安的导师姓甚名谁、教什么课、什么性格都细细讲给安安听。唐渊知道安安不会做饭，就拿了卡片，把安安住处附近的中餐馆外卖电话一一抄下来，把厨子的拿手菜一一标注，贴在安安宿舍的门上。唐渊的字如其人，洒脱又俊逸，龙飞凤舞的小字不仅写在了安安的门上，也写进了安安的心里。

但不管怎么说，像安安这样的小迷糊有了唐渊一般踏实沉稳的人在身边照顾，着实让熟悉安安的小伙伴也松了一口气，放下一颗心。

其实说句实话，安安与唐渊也算得上天作之合。安安活泼，唐渊沉稳，两人刚好互补。在一起之后没多久，两人就搬到了一处。我们猜这是唐渊的私心，毕竟安安刚去那城市的第一间房子就是唐渊帮着租的，眼下不过是换了个地方。两人在距离学校 10 分钟路程的地方租了一间小公寓。公寓不大，只容下一间卧室，一间客厅，一间厨房，却好在公寓就在图书馆的后面，上学放学很是方便。这也是唐渊考虑到的，谁让安安总是找不到路呢。

两人就这么愉快地住在了一起。早上，唐渊负责叫醒贪睡的安安，然后温一杯牛奶，煎两块可丽饼做早餐。傍晚，安安就跟着唐渊去露天市集上买食材。当然，安安不认识太多菜，所以往往是唐渊在前面拿着无纺布袋子认真地挑，安安老老实实跟在几步远的地方，百无聊赖踢石子，偶尔回答一下诸如晚上想吃什么这样的问题。人多的时候，唐渊就停下来，等一等安安，然后一起牵着手回家。

除此之外，唐渊还有一个天大的好处：他的手艺好极了。

对于唐渊来说，像番茄炒蛋这样初级的菜肴，几乎是不会上桌的。唐渊爱做饭，也会做饭，随便炒炒就是三个碟子五个碗。别说是一般的家常小菜不在话下，有了时间，唐渊还会弄个松鼠海鲈鱼、家常佛跳墙这样的硬菜。安安给我们看她家的晚餐：一个桌子上，糖醋小排，浓油赤酱，撒了芝麻并小葱碎；宫保鸡丁，红白相间煞是喜人；家常茄子，紫艳艳地汪了一层亮晶晶的油；干锅花菜，小锅爆炒，看着就干香爽脆；还有一大钵汤浓脂白的腌笃鲜。

我们"哇"成一片："你们这是过年啊还是过节？腐败，太腐败！"

安安只是笑："这就是家常菜，算不得什么。"神色里是掩不住的骄傲。

好吧，唐渊在做饭一事上，确实肯下功夫。

5

两人在一起的那些年里，安安确实被唐渊照顾得无微不至，连体重都胖了三斤。

所以，谁能想到，两个人竟说分手就分手呢？

真心的，听到两人分手的消息，安安的整个朋友圈都一片哗然。两人做了这么久的模范情侣，安安还时不时在微信里发男友的爱心便当，小日子蜜里调油羡煞旁人，怎么就分手了呢？

我们都说，嗨，两个人定是又不知道耍什么花腔了，那什么，床头吵架床尾和，还不如赌一赌安安这次会气唐渊多久。

可安安却平静地说，真分了，这次。

分手的理由很简单，无外乎那两个：心里有事，外头有人。而唐渊和安安算是两个都占全了。

其实要真仔细想想，唐渊与安安两人确实差异颇多。唐渊好静，是安静沉稳的性子，平日里的活动基本就是宅在家里，读书、做饭、沏茶、种花，连一株半开的玫瑰他都能有滋有味地侍弄半天。

安安可不行。安安向来是活泼好动的性格，平日里最不耐烦待在家。原本住在一起的时候我们就知道，像安安这种周末一定要跑出去吃喝玩乐的妹子，怎么会老老实实跟着唐渊待在一起一天都不带动弹的。

两人也不是不迁就。都说爱情最初是火热，后来是磨合。起初唐渊也试着周末跟着安安出去玩。可不得不说，唐渊的作风太过老干部，连出去玩找地方，不是公园就是花卉市场，最多陪安安逛一会儿街，见到书店、超市、二手家居店，还忍不住往里面拐。

"我就是不明白了，"安安气急败坏，"好端端的一个大老爷们，怎么业余爱好跟我爸我妈似的。"

唐渊也是有苦难言，安安是年轻活泼的性子，就爱去些稀奇古怪的地方：去什么二手"古着店"买 vintage 首饰啦，去动物园看新来的羊驼驼啦，新来了歌手开演唱会老牛 × 了得去听一听啦，最不济也要去朋友家里打牌唱歌，还一待就是一整晚。这样一天下来，先是逛一逛街，然后再试一试新开的中餐馆，晚上再约上三五好友小酌一杯。累啊，唐渊真是觉得累，不光是腰酸背痛脚疼手疼，还心累。

"你说现在这年轻的姑娘家，都这么能跑能逛能玩能疯吗？"唐渊也不解，"可我就比安安大一岁啊，怎么倒感觉像养了个闺女似的？"

总之，两人的矛盾早就种下了。所以，当安安亲眼看到唐渊身边那个娇小娴静的姑娘时，除了失望愤怒，安安竟意外地生出了一种最后一只靴子终于落了地的诡异解脱感。

但分手前的狂风骤雨，该来还是要来的。这么多年的感情走下来，安安早已经对唐渊形成了说不上来的依赖。安安曾经以为，纵然有过磕绊，有过争吵，但他们最后一定能够走到一起的。说老实话，安安本来也不是太过独立的姑娘，对于自己的人生也并无多少的野心。嫁给唐渊，成为唐太太，然后在唐渊的护佑下度过一生，是安安曾经以为过的幸福的终点。

而这一切，都被突然出现的娇小女生毁了。

安安如何忍得下这一口气。安安抓着唐渊的手，一时闹着骂他没有良心，这么多年的感情说扔就扔，一时又哭着乞求唐渊不要丢下自己。

唐渊也不算顶没良心的，自知理亏，便任凭安安哭闹，一路收拾残局，丢了脸面也只默默忍着，只是对安安重修旧好的要求不置可否。

直到安安一路打到了娇小女孩的家门口，唐渊才忍不住发了火："跟她没关系，我跟她只是同学，别的什么关系都没有。"唐渊的眉心紧紧皱着，形成一个小小的川字，"是我拜托她冒充我的新欢，我只是想跟你分手。"

"跟我……分手？"安安蒙了，"为什么？"

"我早就想跟你分手了，"唐渊说，"你知道吗？我每次跟你在一起，就觉得自己像提前做了爹，每天就只是给你收拾残局。"唐渊揉了揉眉心，"你想想吧，我们在一起这么久，永远是我在付出，考试前替你复习，逛街时帮你付账，每天还要给你做饭。可你呢？你作为女朋友，究竟付出了什么？"

"可是这些……难道不是男朋友应该做的吗？"安安呆呆地望着唐渊，只觉得一夜之间，那个日夜亲密无间的爱人，陌生得彻头彻脚。"你看谁家的男朋友不做这些？你做了这些就吃亏了吗？"

望着陡然理直气壮起来的安安，唐渊只好苦笑："是应该的，但是……"想了想，唐渊还是长叹一声，"你还是个孩子，可有些事情，你早晚应该明白的。"

"我想，等到有一天，你真的长大了，再去想爱人这件事吧。"
在最后，唐渊这样对安安说。

6

在那之后的很长时间里，安安几乎是一蹶不振。电话里她泣不成声："不就是不成熟不独立吗？不就是不会做饭吗？这些和爱不爱有什么关系？他唐渊要分手就分手，干吗拿这种狗屁理由搪塞我！"

我们在电话这头听了，也只能沉默。毕竟爱情，归根结底是两个人的事情，谁也劝不了。

只不过，安安大概真的忘记了，爱情，本来就是产生在两个独立人格之间的事情啊。

……

后来，大概这件事情也过去了很久。

在那之后很长的一段时间里，我们与安安都断了联系。一方面临近毕业，每个人都被各种考试、论文折磨得欲生欲死，实在再没精力顾及别人。另一方面，自从分手后，安安就几乎在朋友圈里销声匿迹，原本最爱热闹的安安，竟突然变得深居简出，也不知道是不是在默默疗伤。

所以那个午后，当我接到安安打来的电话时，心里着实纳闷了一阵。

电话那头，安安的声音听起来轻快，情绪稳定，与刚失恋时的颓唐沮丧截然不同。电话里一阵寒暄之后，她终于期期艾艾地开口："当年那盘番茄炒蛋，你能再教我一遍吗？"

"怎么突然想学做饭了？转性啦？"我打趣。

谁知电话那头安安却轻轻地笑了："是啊，爱情没了，日子还得照过啊。毕竟，我要是连自己都照顾不好自己，以后还能去照顾谁呢？"

隔着几百公里的距离，在总是刺刺啦啦信号不好的电话里，我终于同她完成了她人生中做给自己的第一顿晚餐：油锅放油，小蒜切片，等油锅微热后放入鸡蛋并搅碎，点一点生抽，滴两滴陈醋。放入切好的番茄与木耳，翻炒后，最后大火收汁，放入新鲜翠绿的小葱叶子。

我坐在房间里，听着她那边的兵荒马乱，时不时地，她抓起电话问我，盐该放多少，糖会不会太多。直到最后，一切的声音回归平静，她抓起电话对我说："成功了，我会做饭了。"

童话落幕，锦衣玉食的小公主终究还是要回到琐碎的日子里，学着失去依靠后自己生活，学着在生活让自己狼狈不堪的时候，依然能给自己端上热气腾腾的饭食。也许，这个世界上的爱情就像安安曾经给我们看过的爱心大餐那样，颜色鲜明却终会褪色。可到了最后，我们依然还会有一盘最简单的番茄炒蛋，那是我们最后的依赖。

番茄炒蛋做法：

1. 番茄洗净切块，小葱切碎，蒜切片备用；

2. 取一只干净的碗，打碎两只鸡蛋，顺时针搅匀；

3. 油锅烧热，放入鸡蛋，炒至鸡蛋凝固变黄后盛出；

4. 锅中放入蒜片炒至金黄，放入西红柿炒至发软出汁；

5. 倒入炒好的鸡蛋，放两滴生抽、少许盐、糖调味；

6. 焖 5 分钟盛出，撒上葱花即可。

爱情无非是这样

虽说现如今在爱情面前连物种都不是问题了，更何况国别之差。不过在英国这么多年，异国恋人真不算常见，仔细想想，真正修成正果的，我也只见过这一对而已。

小罗原名罗伯特，是我教过的英国学生。

其实也算不上教，只不过日常里教他些简单的中文对话，顺便点拨一下他写的和鬼画符一样的中国字而已。

罗伯特正儿八经的专业是地质学，年纪比我还大几岁，但他一直嫌自己的中文名不够中国味儿，所以擅作主张改成了小罗。

这一听就是中国大街上俗烂到家的名字，也就他还沾沾自喜："你看书里你们中国人都喜欢叫小某，小明、小强、小红、小张，所以我叫小罗，有中国范儿！"都怪这万恶的教科书，我真不好意思跟他说这名字在中国撞名比撞衫还严重，不过随他去好了。

罗伯特遂降格小罗，真不是我存心占他口头便宜。

小罗热爱中国文化其实是被他女友逼的，哦，现在得叫老婆了。

小罗的老婆小满是个地地道道的中国人，来英国三年多，英语还是一股玉米楂子味儿，忒实诚。当年两人认识也是因为小满去语言中心补习英语，小罗那时在当义工，恰好负责小满那个班的口语课。一来二去，小满的英语不见进步多少，两人倒是日久生情。

我认识他俩的时候，两人已经谈了两年有余的恋爱，时间虽不算太长，但小满已经把小罗治得俯首帖耳，据说罗伯特这中文也是在小满的强烈要求下才来报的名。

在刚入学的时候，老师鼓励每个人都讲一讲为什么要学汉语。这是例行的规矩，绝大多数人的理由不过是"我热爱中国文化"一类中规中矩的答案，唯独小罗的理由够奇葩："因为我女朋友说她爸爸妈妈不会说英语，所以要我学好汉语，还要学用筷子，然后我才能讨丈母娘欢心，然后才能娶媳妇。"

小罗说得一脸严肃理直气壮，一边旁听的我直接笑喷。

不过在见丈母娘之前，小罗还得老老实实学好中文。

学校每周有两节汉语课，小罗场场不落。每次看小罗一脸菜色地跟方块字打交道，我都会油然地升起一种风水轮流转的变态快感。

想来小满也颇有同感，毕竟她受英语的压迫比我更甚。于是每次送小罗来补习班的时候，小满脸上都挂着舒爽满足的笑"好好学习啊，晚上给你做好吃的"，端的是居心不良的样子。

不过小满并不糊弄小罗，每回小罗上完汉语课，家里的晚餐就要比平时丰盛些，算是犒劳与激励。

在这里不得不感慨小罗是有口福的，小满虽说英语不咋地，但菜做得却是地道极了。

我与小罗、小满都算熟悉，有时候课下得晚了，我也能有幸厚着脸皮去他们家蹭顿豪华大餐。一年多来，我吃过的好菜不胜枚举，什么叉烧牛排、手撕鸡，小满不仅爱做更会做，中餐西餐样样手到擒来，连摆盘都美轮美奂，颇具大厨风范，每次都能让我吃得满嘴流油。

只是小满最拿手的一道菜既不是中餐，也不是西餐，而是个不中不洋的大杂烩：牛肉用肉锤打松，切成小块的牛肉粒，用蚝油、生抽、红酒、食盐、淀粉抓匀放在冰箱腌渍一整晚，第二天拿出来撒上黑胡椒、香草再腌渍片刻。爆炒洋葱丝与牛肉粒，最后放入新鲜的口蘑同炒。临起锅前撒上香菜、罗勒叶，异香扑鼻。

这菜妙也妙在它的不中不洋：明明是中式的酱料做法，却炒出了西餐的味道；明明用了西餐的香料，可入口却还带点中餐的回味，就连最后撒上的装饰也要拿田间地头的乡土小香菜和西餐里的惯用香料罗勒叶做混搭。这样绝妙的搭配，也就是小满这样古灵精怪的才能琢磨出来吧。

可当我跟小满提起这道菜，小满却神秘地眨眨眼："这道菜可不是我发明的，真正的大厨可是我家那位。"

小罗？这下我可真是惊讶了。小满会做饭是公认的，小罗只会享福也是众所皆知。认识小罗这么久，我自认很清楚他那一手糟糕的厨艺。这样一个连意面都能煮夹生的小罗，怎么可能做出这么好吃的创意菜品？

"是真的。"看出了我的怀疑，小满强调，"还多亏这道菜，要不然我俩早分了。"

要说小满刚和小罗眉来眼去那会儿，也还是个啥也不懂的小姑娘。那时候小满刚和小罗搬到同一间公寓，别误会，一人一屋，但生活上的琐事还是要共同面对。

摆在两人面前的头一件大事就是吃饭。

那时候的小满可没有现在的好手艺，别说川菜、粤菜，中餐、西餐，连最基本的番茄炒蛋、酸辣土豆丝，小满都做得磕磕绊绊、勉勉强强。小罗的手艺更别提，出生在有名的黑暗料理国度的他，能煮碗意大利面就算他天赋异禀。

在最初的一段时间里，小罗与小满最棘手的问题莫过于每天吃什么。两人试过了超市里缤纷琳琅的比萨、炸鸡、印度咖喱饭之后，忍无可忍的小满一拍桌子："自己做！"

对于吃这一点，小罗真没有过多的要求，用小满的话说，小罗已经被这个国家粗粝的食物磨炼得没有正常味觉了。连学校食堂里1.5镑一盒的三明治都觉得好吃的男人，你能指望他有什么味觉和未来。这更加坚定了小满自己做饭的信念，想着怎么也要让小罗这土包子见识一下我中华料理的博大精深。

不过自己做说起来容易，但真捣鼓起来没几个月的鸡飞狗跳是练不出一手好厨艺的。

起初，小罗还兴致勃勃地看小满折腾，对于小满时不时捧过来的奇奇怪怪的食物，比如完全焦黑的煎鱼，或者放了太多辣椒的土豆丝，虽吃得也是愁眉苦脸，但好歹来者不拒。

可没想到，小满的手艺眼见一天天好起来，小罗却开始无法忍受小满的爱心便当。

当两人热恋的激情散去，面对的第一个问题就是口味的差异。

小罗原本就是典型的西方口味，调味不多，爱吃生鲜，连青菜也更爱那种被小满称为"兔子草"的生拌沙拉。小满则是典型的国人口味，浓油赤酱，香辣重口，什么过瘾吃什么。

对于小罗来说，重油重盐的中国菜简直是对之前二十几年味觉的颠覆。偶尔吃个一次两次还能算吃个新鲜，但怎么能架得住天天吃？没过多久，小罗开始对天天乌烟瘴气、充满了油腻味的房间有了抱怨。

英国房子也是奇怪极了，厨房离卧室近不说，抽烟机还非常不好用，但凡做点炒菜就能让一整个楼道都充斥着油烟味。

小满做饭遵循着中国人的膳食结构，菜多肉少。这让小罗最受不了，辛苦一天回来，竟然满桌子素菜，吃不到大块的炸鸡、牛排，这对小罗来说真是太打击了。

小罗吃不惯中餐，小满只好依着小罗尝试着做西餐。可吃了没几天，小满就彻底举手投降。

小满实在不明白，小罗为什么会对那些鲜血淋淋、半生不熟的牛排，缺油少盐的烤土豆，甚至加了奇奇怪怪奶酪、生火腿的沙拉极度感兴趣，却对她拿手的水煮鱼、手撕鸡一言不发？

每次吃饭，两人就遇到两难的抉择，吃西餐小满吃不下，吃中餐小罗就吃不饱。

一开始还好，最多吃不好的那人抱怨抱怨，慢慢地，这种抱怨上升到了争吵。

小罗不满女友的中国菜重盐重油，每天吃饭还会弄一身奇怪的油烟味道。小满也郁闷，自己做饭辛辛苦苦，得不到认同不说，还要被爱人抱怨争吵，一番苦心都化作满腹的委屈。

更可怕的是，日复一日的争吵把过往的鸡毛蒜皮也重翻了出来。

不翻不要紧，一翻才知道原来在往日的甜蜜背后，两人已经积攒下了那么多不同，那些关于去不去酒吧、要不要 AA 制、洗碗怎么洗这样的小事已经为争吵埋下了伏笔。

文化的差异、口味的异同，是横亘在很多异国恋人之间的一道无解难题。

一段时间鸡飞狗跳的争吵过后，小满干脆提议，既然口味不同，那就各吃各的。你不爱吃我做的菜，我还不想伺候了呢！小罗自然是不同意，但怎奈小满已经下定决心坚持分开吃。

每天回到家，小满给自己煮一碗葱油面，小罗拎几块炸鸡、烤肠，各回各屋，随便糊弄一顿晚餐。

小满嘴上说得潇洒，其实心里也不是滋味。两人依旧住在同一间公寓，可少了一日三餐的联系，没有每天的共食共饮，连原本甜甜蜜蜜的感情似乎也变得无味起来。

中国人的爱情观里从来少不了食物。饮食男女、柴米夫妻，如果连吃饭都吃不到一起去，接下来的几十年又怎么能平平安安地牵手走下去呢？

恋爱之初，就曾有过来人告诫过小满，跨国恋情并没有想象中的简单，鸡毛蒜皮的差异过多之后，可能一碗饭菜就足够结束一段感情。小满曾经对这样的论调嗤之以鼻，但面对两人间日趋加深的矛盾，小满开始不再笃定他们能够走到最后。

很久之后，小满回忆，如果不是小罗的一道口蘑炒牛肉，只怕两人早就因为这些看似琐碎却无处不在的差异而分道扬镳了。

在两人的冷战期间，小满迎来了在异国度过的第一个生日。很早之前，小罗就神秘兮兮地说要给小满一个惊喜，但出乎小满意料的是，这个惊喜居然是小罗亲手下厨做的一道菜：口蘑炒牛肉。

厨房里，小罗捧着一大盘口蘑炒牛肉，可怜兮兮地看着小满："亲爱的，我学会做中国菜了。我试过了，我能吃这样的中国菜。以后我做饭，你别抛弃我。"

看着小罗傻兮兮的样子，小满哭笑不得。可小罗却一本正经："我知道我们之间的差异有多大，但我会尽力去解决。如果你不习惯，请你告诉我。我相信我们总能找到让彼此都能接受的办法。亲爱的，我真的不希望我们之间的爱会像别人那样，在这些琐碎的差异中被消磨干净。"

看着小罗认真的样子，小满说不出话来。

后来小满才知道，原来从两人因为吃饭的事情吵架的那天起，小罗就开始计划着要找出一种两人都能吃的中国菜。小罗问遍了相熟的中国好友，经过几个月的尝试学习，终于在小满生日之前拿出了这样一道亲手烹饪的中国菜。

这当然算不上正宗的中国菜，总归带着点英国菜的奇怪味道。小罗本来也不擅庖厨，做出来的口蘑夹生，牛肉粒却太老，绝对算不上好吃。可小满却说，那是她吃过的最好吃的蘑菇炒牛肉。

后来我回国，很多人都问我，跨国婚姻有什么秘诀。每到这时候，我总会想起小罗与小满餐桌上的那盘口蘑炒牛肉。

也许不仅仅是异国恋情，这世间所有的爱情大概无非都是这样：

理解彼此的不同，包容爱人的差异。每个人都曾是迥然各异的个体，在婚姻里以爱的名义彼此磨合。但我始终相信，在非此即彼的极端里，总会有某一个未知的点，可以将彼此平衡包容。哪怕这个点，不过是一盘不中不洋的口蘑炒牛肉。

口蘑炒牛肉做法：

1. 牛肉用肉锤砸松切块，洋葱和口蘑洗净切小粒备用；

2. 用一勺蚝油、一勺生抽、一勺料酒、半勺生粉（淀粉）及适量的盐，按摩牛肉粒直至汤汁全部被肉吸收；

3. 将牛肉粒用保鲜膜覆盖，放在冰箱冷藏区，腌渍两小时；

4. 腌好的牛肉取出，加入适量的混合香草碎和现磨黑胡椒，抓匀；

5. 油锅烧至冒烟，放入适量橄榄油，放入洋葱粒炒出香味；

6. 放入牛肉粒与蘑菇粒，快炒；

7. 牛肉粒变色后加少许生抽，撒入一把新鲜的罗勒碎，盛出摆盘即可。

肯信来年别有春

　　这世间的女子有许多种。有的姑娘像海藻，视爱情为必需品，视 LV 为奢侈品。有的姑娘则正相反，她们视爱情为奢侈品，LV 反倒是必需品。

　　哼，扯淡。薇薇不屑一顾，其实呀，对于绝大多数的普通女人来说，两者都是奢侈品。

　　薇薇是个彻头彻尾的利己主义者，冷酷无情、尖酸刻薄，她占了个齐全。偏生长了张艳若桃李的脸，便有了点任是无情也动人的味道。薇薇从小到大，围在她身边的男人不计其数，薇薇一路谈下来的男朋友没有十个也有八个。可只有身边亲近的人才知道，对于男人，薇薇身上连血都是冷的——她压根就不相信有什么爱情。

　　可这实在不能怪薇薇。薇薇运气总是欠佳，年幼时便命运坎坷，从小目睹了父母不知多少次的离婚大战，对于夫妻间的争吵、摔门离家出走，简直司空见惯。

　　年少时又遇人不淑，爱上了同校的青涩少年，可临到毕业才发现，那看起来总是风度翩翩的好学生，竟然劈腿成性，让薇薇恨不得与半个学校的姑娘们做了姐妹。

及至成年，薇薇又与一名年长她不少的艺术家厮混到了一处。原以为是浪子回头，却不知道这浪子背后不知有多少知己红颜，家中更有妻儿嗷嗷待哺，简直渣到无可言说。

经此几役，薇薇终于彻底服气，一门心思地认定这世上的男人都是渣，于是一个转身，薇薇彻底堕落，终日游戏花丛，几年间男友如衣服，换了一任又一任，只得个"百人斩"的声名在外，也说不上是喜是悲。

可就算是这样的姑娘，在终身大事上，也是有的愁的。

没错，薇薇是被逼婚了。

最近一段时间，薇薇妈总要把闺女提溜回去谈谈心，谈心的内容总归不离一个主题：你什么时候给我带回来个靠谱的男朋友？

我们听了惊掉一地下巴："什么？薇薇难道还会缺了男朋友？那一干俊男小鲜肉，随便拎一个回去不就了结了？"

薇薇说："那些都能算数吗？没听说了要的是靠谱的男人！靠谱的！要结婚的！"

我们只好沉默。

要说薇薇这一竿子男人里面，帅的有，猛的有，有钱的也有，就是左看右看没见到个真正靠谱的。

薇薇只好兀自在那里紧锁眉头："也不知道我家那太后怎么想的，年轻的时候明明是她恨我爹恨得咬牙切齿，老了老了，反倒逼起自家闺女来。"薇薇摇头，"真是女人何苦为难女人啊！"

薇薇口中的"我家太后"，指的自然是薇薇妈。

薇薇妈说来也是一段传奇。

薇薇妈年轻时也算得上是十里八乡出了名的美人儿，大眼睛长头发，追她的男人从她家排出去三公里还有余。千挑万选，还是栽在了薇薇爸手里。

其实最初也不算委屈，薇薇爸是出了名的纨绔子弟，有钱，会玩，人又还算高大英俊，男财女貌，也勉强算得上神仙伴侣。可谁想到结婚后，男人好色的本性就一览无遗。隔三岔五，家中总要上演几次鸡飞狗跳的闹剧。这样的婚姻，也当真是没意思透了。

好在薇薇妈也不是吃素的。薇薇爸家里权势大，不同意薇薇爸与薇薇妈离婚。薇薇妈只好曲线救国，从一家小小的服装店干起，千辛万苦地干到自己终于有了事业，才算是成功地离了婚。

"男人都是渣，还得靠自己"，薇薇对这段"狗血"励志剧下了总结。

可谁知道，前半辈子都在辛苦奋力要离婚的薇薇妈，竟然突然转了性子，年过半百反倒热衷起牵线保媒，直恨不得天下有情人皆成眷属。

第一个倒霉的自然是她亲生闺女。半年来，薇薇不知道见了多少青年才俊。薇薇妈循循善诱："这孩子条件差点没关系，房子车子咱不缺，只要他人好，对你真心好就行。"

薇薇说："呸。"

可胳膊总归是拧不过大腿的，何况薇薇妈岂是一般的大腿。薇薇没法子，还是捡了个看着算顺眼的男人先处着。

那男人我们见过，长了一张寡淡无味的脸，人也无趣得紧。一不会喝酒二不会唱歌，就算在 KTV 里也只是板着张严肃寡味的脸给我们端茶倒水，跟薇薇从前的那群机灵的小鲜肉们简直不可同日而语。我们诧异薇薇究竟看上了人家什么。

薇薇想了想，撇撇嘴："不会碍事。"

不会碍事，正好。

于是薇薇这边厢谈起了不冷不热的恋爱，连约会都规律得很。每周五约一次，吃顿饭看场电影，然后就各回各家各找各妈。果然不会碍事，真真好。

可谁知道，这样不温不火的恋爱谈了小一年，我们都以为薇薇可以功成身退了那男人，重新投奔她的灯红酒绿。可就在这个时候，薇薇居然结婚了。

这简直吓瘫了我们的脸！朋友圈里瞬间沸腾，大家伙儿各显其能纷纷打听着，那男人究竟何德何能，竟然能引得心思凉薄的女王陛下心甘情愿放弃她的一大片森林，屈就这样一棵平平无奇的小树苗儿。可当事人却倒好，如今都成了锯嘴儿的葫芦，任凭旁的人如何问，就是不肯吐口。

后来再见薇薇，她已经是两个孩子的妈了。原先一头婀娜的长发剪到齐耳长短，原本凹凸有致的身材略显臃肿，连一直似锥子一般尖锐的下巴上也隐隐有了发福的迹象。

原本称得上魔鬼身材的薇薇终于有了如同普通家庭妇女一般的生长痕迹——依旧称得上漂亮，比起她年轻时候的妖孽模样，现如今倒是赏心悦目了许多。

谈起往事，薇薇一脸云淡风轻，好像当年纵横夜场的那个

Party Queen 是旁人一般。只有当我们问到心里那个未解的谜团时，薇薇才脸颊泛红：“呀，都是多久的事情了，你们怎么还记得？”

那时候的薇薇是真不相信爱情的，也从来不会想到，自己的后半辈子，居然真真就栽在了这样一个刻板严肃的家伙手里。

一开始，薇薇在这段感情里就带着点漫不经心。不怪薇薇有优越感，实在是追她的太多了，这种连玩玩都算不上的，注定当炮灰的背景板着实没有必要放在心上。

当然，前提是没有那一场大病的话。

薇薇这人有一个毛病，就是嘴硬。

要说这人哪，在平时里自然可以肆意撒娇卖乖，可真到了关键时刻，知道有些事只能自己扛过去的时候，就只能闷着声咬牙硬扛了。

薇薇在这一点上算是个中翘楚，别看她素日里娇娇弱弱，恨不能磕破点油皮都要找人诉诉苦，抹抹泪，可若真遇了大事，却是天塌下来都能扛的主儿。

当薇薇第一次拿到了诊断书的时候，第一反应不是该找谁去哭诉，而是心想，这次该怎么瞒过去。

“疑似肿瘤，这真可笑。”薇薇心想。

薇薇平日里有头疼的毛病，休息不好的时候尤甚。可这也不是什么大事，吃两片止疼药，总归是能熬过去的，于是薇薇从来也不把这放在心上。直到最近一段时间头疼得越来越严重，薇薇才不得不请了假，去医院做脑 CT 检查。可谁想到，这一检查，竟就是大事。

父母是不能指望了，薇薇心里盘算，当爹的就不用说，自从薇薇上大学，基本上就再没见过这当爹的一面，眼下他不知道是在哪个温柔乡里厮磨，自然没工夫管这些子闲事。至于母亲，薇薇有点犹豫，可母亲好不容易过两天安生日子，如何好拿这种糟心事打搅。于是盘算来盘算去，薇薇发现，最后也只能自己扛着。

薇薇原以为自己是不怕的，至少死亡，是归处不是穷途。可多年后当真与死亡狭路相逢的时候，薇薇才明白，任凭怎样坚如铁石的心肠、怎样万全的心理准备，都抵不过人性深处的战栗。

没错，薇薇怕了。

这种恐惧无可排解，只能在一个又一个深夜里默默咬着牙熬。

"你知道那种绝望吗？"薇薇说，"可怕的从来不是死亡，而是等待死亡，每一天都在期待奇迹，却在每一晚入睡之前怀疑是否还会有明天，这种绝望，比死亡更甚。"

在那一刻，薇薇突然有些明白，为什么母亲会那么执着地想要薇薇结婚——在最绝望的时刻，可以有一个人陪着她，握着她的手，告诉她还有他在。

幸运的是，那个人出现了。

从医院拿了诊断结果书出来后，薇薇就一直处于一种精神恍惚的状态，别说是与炮灰男友的每周约会了，就连日常生活都打不起精神。

某日，当突然接到炮灰男友的电话时，薇薇还在纳闷儿：这时候他打来做什么？

电话那头是他如常刻板的声音，不疾不徐、不高不低、音色平平地问薇薇在做什么。

做什么？薇薇不屑地想，等死呗。可那一刻薇薇心中却生出一丝隐秘的恶毒，要是他知道我现在的样子，恐怕二话不说就要分手了吧。

于是薇薇冷笑："你管我做什么，我查出脑癌，正想着问谁要医药费呢。"说完，薇薇长舒了一口气，仿佛几日以来一直悬在自己头上的那根系在达摩克利斯之剑上方的头发终于断了。薇薇等着炮灰男友听到这个消息后忙不迭地与自己老死不相往来，然后再次证明自己的一贯论调"男人没一个好东西"。

可没想到那边只是沉默了一下，然后男友依然是用镇定如常的声音说道："等着我，我马上来。"

马上来？薇薇不屑，来看看是真是假吗？冷哼一声，薇薇撂了电话。

果不其然，半刻钟后，男友来到了薇薇家楼下，薇薇懒得搭理，直接把诊断书往男友身上一拍，等着看那炮灰男屁滚尿流地离开。可谁知道他仔仔细细把诊断书上的每一个字都研读一遍，末了抬起头："别怕，我陪着你。"

"陪我？"薇薇瞪大眼睛，"我这是脑癌，会死人的。"

"我知道。"

"要花很多钱，要倾家荡产的。我这里没钱，到时候要花你的钱。"

"嗯。"

"你别看我现在还算好看，等做了化疗，头发一把一把地掉，人肯定也会丑得不成样子的。"

"我知道。"

"……"

男友忽然抬起头，认认真真地看着薇薇："你别怕，有我在。"

"有我在"。这三个字好像一个开关，薇薇实在不知道应该怎样形容那一刻的心情。这么多年来，薇薇一直一个人苦苦支撑，表面风光无限、浑不在意，可在那一刻她才明白，原来那么多年，那么多年她一直在等的也不过是这三个字——"有我在"。

接下来的故事并没有很"狗血"，薇薇并没有一把扑进男友的怀里痛哭流涕，男友也只是视若平常。

男友并不是一个善于言语的人，他说不出那么多的安慰与关心，只是在接下来的很长时间里，开始搜集各种缓解头疼的偏方，挤出时间陪薇薇走过城市里大大小小的医院。他实在是嘴拙，怎么也说不出那些舌灿莲花、让人脸红心跳的话。但是在歇脚的时候，男友总喜欢点一碗甜豆花给薇薇。

夜市摊子上，他细心地在雪白的豆腐脑上撒上细碎的红糖、掰碎的花生粒，再浇上黏稠的甜桂花，热腾腾地端给薇薇，舀一勺就是满口的清甜。

男友依然严肃而刻板，但眼神温柔诚挚："多吃点甜的，心情会好。"

薇薇想，那一刻她终于明白了母亲的良苦用心。

半个月后取复诊结果，薇薇依旧一个人。她强硬地拒绝了男友的陪伴，但这次，薇薇似乎心里总归是有了点依靠。

门诊室内，头发花白的老医生把片子翻来覆去地看了又看，然后云淡风轻地说："姑娘你最近休息不太好吧，神经性头痛，回家找个热毛巾热敷一下就好了。"

劫后余生，薇薇从来没像那天一样如释重负过。在那之前，薇薇曾经想过，如果真的只是误诊，她恐怕会激动地哭出来吧。可奇怪的是，那时候薇薇并没有很想哭的冲动，她只是平静地想，天气真好，有一点儿想他，有一点儿想吃甜豆花。

有时候我常常会想：一个人，究竟要走多少路，才能到彼岸？一个人，究竟要经历多少段感情，才能找到爱？但这是谁也无法预知的事情。

有人曾经告诉我，一个女人一生至少要遇见三次爱。第一次，你爱他多一点；第二次，他爱你多一点；第三次，你们彼此相爱。可是这终究只是美好的童话，谁也不敢保证自己就有这样的幸运。可不管怎么样，那个人总归是在的。我们所能做的，不过是在最寒冷的冬天，也心怀希望，等待一个春天。

肯信来年别有春。最终你会遇见他，遇见爱。

甜豆花做法：

1. 鲜榨豆浆放进锅里，大火煮开后，转小火继续煮 10 分钟；
2. 将内酯用少量水调开，倒入热豆浆中，搅匀，静置至豆浆凝固；
3. 将熟花生仁切成碎粒，黄片糖掰成小块，与姜丝一起放入锅中；
4. 锅中加入 400ml 水，大火煮开后转小火熬煮成黏稠的糖汁；
5. 待豆浆凝固成豆花后，用勺子将凝固的豆花盛入小碗中，淋入糖汁，撒上花生碎即可。

相爱之后，各自生活

　　我一直觉得，颦颦同小布离婚实在是一个再正确不过的决定。

　　颦颦是我高中时的学姐，颦颦当然不是真名，只因她是典型的上海姑娘，身体消瘦，面庞白净，行动时弱柳扶风，眉目间潋滟含情，端的是临水照花我见犹怜。坦白讲，她真是我所见过的最具有古典气质的姑娘。于是便有人拿了红楼里黛玉的小字称呼她，时日久了，这颦颦的小名便传扬开来，真名反倒鲜少被人提起。

　　只是此颦颦非彼颦颦，她算不上倾城倾国貌，也不是多愁多病身。相反的，颦颦是难得的大方爽朗。固然少不了江南女子固有的娇嗲温柔，但行为举止并不矫揉造作，交往起来也不见扭捏，是一派的天真明丽。于是颦颦便成了我们班当之无愧的班花，明里暗里追求者无数。只可惜颦颦并不为之所动，一路走来，踏碎了一众小男生的殷勤心思。

　　而小布呢？小布是全校闻名的花花公子，说真的，除了一张眉目风流的俏脸能看，旁的再没什么可提。照理说颦颦并不是以貌取人的浅薄女子，颦颦是出了名的好强倔强，这般中看不中用的，颦颦向来嗤之以鼻。颦颦曾私下里吐槽："一个男人若只是脸或钱可被称道，那这个男人是该有多无趣无聊。"说这话时，颦颦一脸厌弃的骄傲。

可爱情说白了，就是一场鬼迷心窍。未见小布时，颦颦曾对那些被男色美貌迷得七荤八素的无知少女大加鞭笞，可真等对上小布那双招牌式的桃花眼，颦颦到底还是毫无抵抗地栽了进去。

事后再想想，颦颦自己也觉得奇怪，当初究竟看上了小布什么？长相？小布那一张桃花脸确实够勾魂摄魄，可比他帅的也并非没有。才华？比起颦颦夺目的各种光环，成绩永远在中流徘徊的他默默无闻。金钱？穷学生口袋里又能有几个钱？何况颦颦的追求者里并不乏多金"土豪"、"高富帅"。体育？哦，抱歉，小布是个死宅。

更何况，小布的花心暧昧也是众所皆知。可这样的一个男人还是让颦颦爱得无法自拔，整日里盘算着如何接近并讨好小布。但也不知道小布真是无知无觉抑或另有取舍，一边与颦颦若有若无地保持联系，一边还同一众姐姐妹妹们打得火热，半点不避人。

要我说，这种男人明眼人一瞧便是个渣嘛！只是枉费颦颦在天涯上读了那么多"凤凰男"、恶婆婆、渣男贱女的故事，真等事到临头，依然逃不过人性。小布越是不理不睬，颦颦就越是牵肠挂肚。一众人不禁扼腕，私底下我们都在分析，颦颦大概是狂蜂乱蝶看了太多，对于这样风流多情、挑战度极高的男人，反倒生出了一股子爱恨不得的糊涂心思。就算起初只是心血来潮，却也架不住日久天长的念想，久而久之便也就成了心结。说白了，这多不过三五日的新鲜头，等新鲜劲儿过去，颦颦自然会大彻大悟、迷途知返。

可谁想到，鼟鼟这次居然真的是上了心。

小布天生一副招蜂引蝶的身段样貌，围在身边的知己红粉不计其数，姐姐妹妹的温柔乡里着实插不下鼟鼟这一朵解语花。鼟鼟固然眉目清秀算是枚小美女，再加上性格和煦大方，勉强能扮一扮女神范儿，可若真扔进了这一水的假奶大眼锥子脸里，瞬间就能被淹得个脸都不剩。

鼟鼟煞费苦心，想来想去只好剑走偏锋。小布重口，初到温山软水的江南，只觉得无一处舒坦。尤其是吃，吃惯了麻辣鲜香的小布初来江南，只觉着连白水里都透着甜。心细如发如鼟鼟，自知道起便上了心。于是每每去找小布便从不空手，或是一碟子润泽丰腴的口水鸡，或是一钵红油泼辣的串串香，香飘十里，一个星期都不带重样。

鼟鼟做过的许多菜里，小布最爱的一道是辣子鸡。

这菜是川菜家常中的典型，只是做起来极是麻烦：鸡肉洗好剁好后热水略焯下，然后用生抽、花椒、辣椒油、盐腌上个把小时，放到油锅里大火炸熟。捞出后沥干油脂，再放入热油中复炸，炸至外表金黄，外酥里嫩，这才算是齐备了原料。然后另取一锅，猛火爆炒花椒、麻椒、干红辣椒段、蒜粒、大葱、姜丝至满室生香，再放入炸好的鸡块，小火慢煎入味。这样一道菜做下来往往要花费许久的时间，是小布的母亲都会嫌麻烦不肯多做的。大概也就是鼟鼟，不肯嫌烦琐。

不会做，鼟鼟便买来了书细细研究，从盐糖的配比到油炸的火候。一双手被油溅了，鼟鼟也不说，抿着嘴角，随便擦一擦溅在手上的油，一心只蹲在寝室的地上守着那口油锅，等着做好后趁热给小布送去那一盘够麻够辣够香够酥的辣子鸡。如此这般时日久了，鼙鼙贤惠又会做饭的美名传遍了学校上下，可唯有知根知底的朋友私下叹息，鼙鼙素来是被看作眼珠子般捧着走来的大小姐，二十余年来十指何曾沾过阳春水。可为了一个男人，鼙鼙殷勤小意，洗手羹汤，终于还是不能幸免爱情这场灾难。

鼙鼙是真爱小布，大学毕业后不久，鼙鼙便火速同小布领证结婚。对于鼙鼙的这一决定，扼腕痛惜鼙鼙所嫁非人者有之，暗自揣测鼙鼙手腕了得者亦非少数，但不管从什么角度看来，鼙鼙总算是心愿得偿。

不过那又如何呢，鼙鼙终于从一个骄傲的少女，改头换面，成了一个女人、一个妻子。捧在手里的杜拉斯、波伏娃换成了家常菜100道，常拿着琴弓的纤纤玉指改成了在菜板上来回翻飞。久别重逢后，鼙鼙身上几乎不见了当年上学时那股子灵动的傲气，言语间三句不离小布，眉眼间满是平凡琐碎的家常味道。

我们感慨美玉蒙尘、明珠暗投，原先那么灵动鲜活的少女终于还是成为了三句不离老公的黄脸婆，便生出一股子珍珠做鱼眼的遗憾来。可再仔细想想，尽管鼙鼙失了番壮志雄心，但这样过下去却也并不失为我等凡俗女子最妥帖的归宿，于是便也就释然。

只可惜，这世间里又哪里来那么多的花好月圆、事遂人愿。

小布本就是压不住的风流性子，说真爱吗，大抵在婚礼上说出"我愿意"的时候多少也会有那么些真心吧，否则也不会在新婚的那几年间陡然转了性子，自此目不斜视，再不拈花惹草。可是那又怎样？终究是本性难移，在新欢旧爱面前，那点子的真心也厚不过一张纸罢了。

没错，在二人结婚还不满两年，小布终究是出轨了。

最先发现端倪的人是鼙鼙。鼙鼙手艺好，小布也吃惯了鼙鼙亲手做的饭菜，寻常日子里若是没有应酬，小布还是习惯回家吃饭。只是那段时间，小布的应酬却无端地多了起来，每每到家的小布都是酩酊大醉、筋疲力尽，直恨不得倒头就睡。

不得不说小布果然是风月场上的老手，时间拿捏得极为精到，纵然鼙鼙怀疑，却也抓不到什么把柄。只除了一点，小布原本是个重口味的，对于鼙鼙所爱的大煮干丝、上汤蒲菜之类的江南小菜素来嗤之以鼻，于是这么多年来，家里的餐桌上从不会出现这些鼙鼙吃惯了的寡水清汤。可在那些日子里，小布却突然换了口味，对原本最爱的辣子鸡、水煮鱼大皱眉头，反倒是对上汤菜心、芙蓉鸡片之类的赞不绝口。要说这世间的嗔痴爱恨，言语会撒谎，神情可作假，但唯有心头那点子念念不忘的口舌之欲，是做不得伪的。于是从那时起，鼙鼙就明白，小布是变了心。

也许对于小布来说，这次的喜新厌旧不过是司空见惯的感情游戏，根本谈不上有多严重。但对于鼙鼙来讲，这却不啻一场晴空霹雳。

从丈夫手机通话记录中找出若干暧昧短信的那个下午，鼙鼙只觉着五雷轰顶。

小布婚前的风流事鼙鼙并非无知无闻，似这般只把风流做情趣的小布会左拥右抱原也在鼙鼙的意料之中。鼙鼙原以为自己可以够冷静，可真当现实这么血淋淋摆在自己面前的时候，哪怕曾有过那么多心理建设，鞶鞶依旧只觉得心如死灰。

握着手机，鞶鞶在客厅的沙发上枯坐了整夜，偌大的房子清冷而孤寂，如同一个女人被伤透了的、残破不堪的内心。可纵然这样，忍了又忍，鞶鞶终究是把吐到嘴边的质问又咽了下去。“男人嘛，有个把红粉知己也是寻常事，再说了，又有哪里的猫儿不偷腥呢？”鞶鞶不断这样安慰自己，可只一个眨眼，泪珠儿就止不住滚了下来。

但纵然是这样的隐忍退让，鞶鞶终究也没能让这段摇摇欲坠的婚姻持续得更久。没过多久，小布主动提出了离婚。

新欢是高冷的冰山美人，小布煞费苦心才追求到手，得到了便再也撒不开。一边是阳春白雪相谈甚欢的知己红颜，一边是粗布乱服锅台灶前的黄脸老妻，不消想，鞶鞶理所当然地成了牺牲品。

分手的理由很扯，小布说，直到遇见新欢才明白，自己真爱的是新欢那般神秘冷艳却热情如火的女人，像一抹风、一缕火，把持不住的才最诱人。鞶鞶呢？相较之下，鞶鞶实在太贤惠，太寡淡，太无趣，于是所有的情爱都可以被归结为一时的感动和感激。

“但你知道的，”小布一脸愧疚而又决绝，“感激终究不是爱啊。”仿佛沉浸在琼瑶偶像剧的男主角，小布一脸情深得让人恶心。

这让鞶鞶如何甘心！鞶鞶实在不明白，明明自己这么爱，这么爱，低到尘埃里，到头来却只得丈夫一句“不是真爱”的考评。四字考评如一把血淋淋的刀，横冲直撞地把鞶鞶划得遍体鳞伤。

鞶鞶不懂，如果那些深夜里为他煲过的汤，寒冬里为他浣过的衫，在最艰难的几年里与他吃过的苦，如果这一切都不是爱，那么，还有什么会是呢。她曾经爱他忘记了一切，也忍受了一切，而如今，却只能在别人的歌舞升平里沉默地咽下绝望。

像每一个可悲复可怜的女人一样，她悄悄地搜查丈夫的手机，像一只敏锐的犬，把全副精力都用于搜寻每一缕可疑的蛛丝马迹。她去新欢的办公室里闹得满城风雨，只为了证明自己才是小布唯一的发妻。她甚至在大庭广众里苦苦拉着小布的手，哀求他不要离去……可这一切对于一个早就狠下心的男人来说又有什么用呢？于是，颦颦终于变成了她曾经最厌恶的模样。

颦颦终究也没能换得浪人回顾。自从颦颦知道了小布的出轨，小布仿佛有了光明正大的本钱，不管颦颦如何愤怒或者哀求，却已是铁了心肠不肯再踏入家门半步，执意离婚。颦颦却也发了狠，无论如何也不肯，拖也要把这一对野鸳鸯拖死。

小布不在，颦颦的日子便也如失了指望。除去在单位里魂不守舍地挨过八小时，其他的时间便都伏在家中煎炒烹炸。颦颦看了太多的爱情箴言，那里面有多少浪子回头，破镜重圆。讲丈夫在一碗面里回想起与妻子的同甘共苦，讲老公在一钵汤中幡然悔悟……颦颦想，食物终归会有这样的力量吧，抓不住他的心，却总归要让他的胃再也离不开。

只是颦颦料错了一点，现如今只要有钱，怎样的滋味买不到？更何况若是心不在了，便是千般贤惠万般用心，也都只是枉然。颦颦记不清曾经在一桌桌残羹剩饭前虚度过多少个如水凉夜，她只记得自己那颗一点一点熄下去的心。

终于，在某一个夜里，颦颦挂掉了那通永远打不通的电话后，不像往常一样直接把饭菜倒进垃圾箱，而是举起了筷子。

一桌子菜，辣子鸡酥脆，水煮鱼麻辣，却偏没有一道是她想入口的。她花了几个小时仔细地煎煮烹炸，又花了几个小时看着它变得冰凉，却忘记了自己原本就受不了那般刺激的味道。她究竟爱吃什么？餐桌上，鞏鞏费力地想，却怎么也记不清那些味道。那些红艳艳的色彩、火辣辣的味道似乎已经塞满了鞏鞏所有的人生。那样鲜艳的颜色，那样刺激的味觉，烫得她浑身发抖。

鞏鞏握着筷子失声痛哭。这么多年，她时刻谨记着小布爱吃的水煮鱼、小布爱吃的串串香。她愿意耗费几个小时的心力去为他捧上一碗辣子鸡，却懒得为自己花几分钟炒一盘上海青。这么多年，这么多年她低到尘埃里，爱他爱到失去自我，于是到最后，所谓的爱情也只能是一地鸡毛。

那一夜过后，鞏鞏如获新生。鞏鞏干脆利索地与小布离了婚，冷静得连小布都哑然无语。鞏鞏迅速辞掉家中清闲而优渥的工作，一个人出国、读书、打工、找工作，然后重新遇到了一个值得爱的人。鞏鞏花了三年的时间华丽转身，最终让所有不堪的曾经都留在了过去。

回想起来，鞏鞏也不知是悲是喜。她曾经用了整整三年的时间证明爱情可以不在乎世间的一切卑微与辛苦，又用了三年去证明，唯有爱己，方能爱人。

"我们需要去爱，但永远不要爱他胜过爱己。"离婚后的鞏鞏曾语重心长地对我们讲道。

所以姑娘啊，在你真切地爱上一个人之前，请先妥帖地、诚挚地爱上你自己。

辣子鸡做法：

1. 将鸡腿用料酒、酱油、白糖、姜粉、盐腌渍两个小时以上，待鸡腿入味；

2. 将腌好的鸡块放到油锅里面炸熟，捞出沥干油后再炸至颜色呈金黄；

3. 另起一口锅，放油，用中火炒至姜、蒜、葱段、花椒、干红辣椒发出香味；

4. 倒入鸡块，煸炒五六分钟，加入少许酱油和白糖提味；

5. 加入白芝麻，煸炒一两分钟后起锅即可。

酸甜苦辣的记忆片段，总有你忘不掉的那碗面

PART

2

熬一碗岁月凝练的汤

爱情是一碗汤　日子也是一碗汤 _

你漫不经心地对待　收获的只能是难以下咽 _

只有足够的真情实意 _

才能有鲜美的好滋味 _

十 年

1

你说，人的一生，能有几个十年呢？

苏小小喜欢魏晨，可不止一个十年。

2

第一次见到魏晨，苏小小还是个扎着羊角辫的小胖妞，整日里
只知道咬着手指头疯跑瞎闹。而魏晨已经是英俊挺拔的小少年了。

魏晨是小小家新搬来的邻居。那时候小小还不懂事，只是从大
人们闲聊的只言片语中模糊地知道，魏晨随母姓，父亲早几年就抛
弃妻子去了外地经商，只剩下魏晨跟着妈妈辗转来到这个小城市相

十年

069 ~

依为命。

那时候的女人，一个人抚养孩子已是不易，何况周遭免不了的闲言碎语。苏爸爸苏妈妈是厚道人，人前并不说什么，但关了门总要长叹一声，都是邻居，能帮就帮吧。

于是一来二去，两家就熟稔了起来。老式的筒子楼，每家每户挤挤挨挨地裹在一起，苏小小的闺房也就只和魏晨的小屋隔了一堵薄薄的墙。苏爸爸苏妈妈怜惜魏妈妈一个人生活不易，常叫了魏晨来家中吃饭。有时苏家爸妈忙，也放心将自家女儿托付给隔壁。于是魏晨便与小小从小混养着。郎骑竹马来的意思大概就是，苏小小每天早上都趴在阳台边上，等着魏晨哥哥从隔壁背着大书包来接自己去幼儿园，每天晚上再牵着魏晨哥哥的手回家吃饭。

小小喜欢魏晨，还有一个登不上台面的理由：魏妈妈做饭太好吃了。

小小从小就是个吃货，用苏爸苏妈的形容，万一哪天找不到小小，压根儿不用急。只需要闻闻哪家做饭香，顺着香味找，准能见着小小在人家门前流口水。可自打魏晨娘儿俩搬来，苏爸苏妈连找都不用找了，直接在隔壁门口就能提溜住自家口水横流的小崽子。

怪不得小小馋，魏妈妈做饭的路数截然不同于这座北方小城里的绝大多数主妇。苏妈妈做饭往往是粗枝大叶，挥舞着铁锅木铲，糊弄一锅大杂烩就行了。可魏妈妈不，魏妈妈是南方人，习气间也带着南方女儿特有的精细。魏家虽说人少，可三菜一汤却是常事。魏妈妈的手艺小小真是尝了不少，什么炸鸡排、蛋炒饭、糖醋排骨、红烧丸子……

魏妈妈逗她："小小吃了我家饭，以后就给我们家当孩子吧。"小小沉浸在魏妈妈牌小馄饨的浓汤里不可自拔，头也不抬："好啊。"

魏晨就红了耳朵，揪起小小胖嘟嘟的脸，一副恨铁不成钢的样子："你知道什么啊就乱说！被卖了都不知道！"

可魏晨不知道，小小心里白眼都快飞到天上去："你知道什么啊，还能光明正大蹭吃蹭喝，被卖了也值啊！"

由此可见，小小是真吃货。

3

不知道你们身边有没有这么一个人，她长相一般，身材稀松，面貌平平，可是一笑起来，百花就都开了。

小小就是这么一个人。尤其是当她啃起猪蹄，剥起螃蟹，吃到满嘴流油，细长的眉眼弯弯一笑，露出一颗小虎牙，你大概就会觉得，这世上没什么比吃更幸福了。

我跟苏小小算是年少相识，我们认识的时候才刚上高中，正是无忧无虑、少年不知愁的时候。那时候我们同住一个宿舍，小小比我略小一点，我真心是打心眼里喜欢这个姑娘。虽然小小长得平平常常，胖嘟嘟的脸颊带着点儿呆萌的婴儿肥，但天生一点朱红唇，柳眉星目，让见她的人心生欢喜。

小小还特别会吃。会吃不等同能吃，这辈子能吃的人我见得多，可那些顶多算得上饭桶——吃货才是更高级的种类。而小小呢，真亏了她的好舌头。开学还不过数周，小小对周围的小饭馆便如数家珍。再说了，小小会讲究却也能将就，哪怕学校食堂万年不变的清汤寡水，小小也能吃得风卷残云，旁人看着都觉得香。这样的小小，如何不让人欢喜。

更何况，她还有个总担心她吃不好的哥。

要我说，这点担心绝对是多余。毕竟，对一个入学三周就把周边小吃店的拿手菜摸得一清二楚的女人来说，我们都只有颠颠跟在她后面找吃的份儿。

可魏晨不这么认为。魏晨当时就在我们学校旁边的大学读书，我们还新鲜得不得了的时候，他已经在这所学校混了若干年，算是我们的资深学长。资深学长整日里除了本科生那点课，剩下的业余爱好大概就扑在了给他妹妹琢磨吃的上去了。

我们第一次见魏晨，着实被他的"贤惠"镇住。在我们住校的第一个晚上，魏晨就拎了一大袋零食、外卖敲门，进门第一句话就是："我妹呢？"

"你妹啊，"一屋子人面面相觑，"谁知道你妹在哪儿。"

苏小小眉眼弯弯一笑："哥，我在这儿。"

于是毫无疑问，甫一见面，我们就沦陷在魏晨带来的小龙虾里。也不知道魏晨从哪里买来的小龙虾，不同于一般小摊子上又瘦又小又干又瘪的虾子，一塑料盒的小龙虾个大光亮，钳子威武雄壮，像在趾高气昂地叫嚣着"来吃我啊！来吃我啊！"

虾子被红油爆炒，香气四溢，瞬间整个寝室都浸透了红油特殊的麻椒味儿。一屋子人大快朵颐，只有魏晨微微笑着说道："我家妹子以后，要靠你们照顾了啊。"

我们就此愉快地走上了蹭吃蹭喝的康庄大道。

要说魏晨是真细心，每周一次，从校外大包小提的"运来"各种零食外卖。迄今为止，我们吃过号称正宗的双流兔头、卤好的鸭翅膀、茶叶蛋、校东口的烤面筋以及各种奇奇怪怪不知哪里来的零食。连最淑女的鼙鼙都忍不住擒着鸡爪子打听，这个星期吃什么？

总之，有兄如此，妹复何言。

<h1 style="text-align:center">4</h1>

坦白讲，魏晨是一个很优秀的人。就算他不带零食给我们，他也是。

我们入学后不久，发现小小的魏晨哥哥在这不大的大学城里，绝对算得上个人物。

物理老师苦口婆心："你们要好好学物理啊，咱们学校一向是有着优秀的传统的。你看隔壁大学的魏晨，"物理老师意味深长地看了眼小小，"省物理奥赛第一名！"小小微笑着点头。

语文老师课上苦口婆心："语文是很重要的，你们一定要向前届的魏晨同学学习，人家拿了市里古诗文大赛的一等奖呢！"说罢，她仔仔细细地看了小小一眼。小小依旧微笑。

三年的日子，小小过得真是悲催，连我们这旁观者都围观得直想爆粗口，只有小小安之若素。

小小一句话，习惯了。

真心酸。

所以，这样一个优秀的尽人皆知的魏晨，身后有个把暗恋的小姑娘，也就不足为奇。

或者说，有一个暗恋着他的妹妹也不算奇怪吧……

知道小小暗恋魏晨的时候，是我们在吃鲜花饼。宿舍里有同学家在云南，开学的时候，也是各色土特产满宿舍飞的时候。要说我真是很中意这鲜花饼，云南宣威的云腿玫瑰，剁的碎碎的云腿蓉混上当年新鲜的玫瑰酱，酥皮上幽幽地汪着一层清亮的油。一口咬下去，鲜美的火腿混合玫瑰清香争先恐后地涌出来，那滋味，别提多销魂。

关键是，不仅我中意这鲜花饼，一宿舍人都中意它。所以鲜花饼这东西，不管室友苦命地背了多少来，到最后都是狼多肉少不够分，想吃只能靠抢。

而这一次，以往的抢饼急先锋小小却突然矜持了起来。别说小小不去抢，就连别人递到她跟前，也都被她一一推了回去："我不饿，不吃了。"

扯淡，这等美食面前，那是饿不饿的问题吗？那是馋不馋！

嗅觉敏感的我第一时间发现奸情，叼着鲜花饼凑了过去："真不吃？"

小小盯着我，哦不，是盯着那块离她不到 10 厘米的鲜花饼，半晌艰难地摇摇头："真不吃，我不饿。"

屁咧，一见她这表情，我心中就有了底。

"减肥？"我问。

小小虽然骨架子小，但脸上还是有一点儿肉。一笑起来，脸就嘟嘟的，很是可爱。我们都说，你这样就很好看，胶原蛋白充分嘛。可小小心里多少还是嫌自己脸胖的。这点我们都知道。

果不其然，小小点头，"感觉最近脸又大了一圈"，边说边比画着，忍不住捏了捏自己的小脸蛋。

"哦，以前怎么没见你动真格减肥？"我笑，冲她眨眨眼，"说吧，看上谁了？我还能帮你撮合撮合？"

"……"向来大方又豪爽的小小竟扭捏起来，脸颊红了一片。

"是谁？是谁？"

"……"半晌，小小蚊子般吐出一个名字："魏晨……"

啪嗒，鲜花饼掉在地上，圆滚滚、黄昂昂的，仿佛一枚巨大的备胎。

5

那个时候，所有的人都知道，魏晨在追苏眉。

苏眉是魏晨的同学，虽不是一个专业，但公共课上俩人会在一起。更何况，苏眉是学院里出了名的美人。同样是理工女，苏眉可不是一个学院五个姑娘她排前五的那种校花，她是实实在在的长得美。苏眉本就是江南的女儿家，生的便眉目清秀，再加上从小弹钢琴、学跳舞，整个人如同柳条一般修长挺拔。她是所有理工学院男生们心目中的女神。

而这样的女神，当然是被魏晨追到了手，谁让魏晨也是男神呢。

其实两个人算是郎才女貌，男生英俊博学，女孩美貌多情。俩人俱是一时风流人物，于是他们俩的进展就格外引人注意：前天魏晨牵了苏眉的手去图书馆，一整天俩人都腻在一起；昨天苏眉给魏晨做了爱心便当，魏晨昨天整一天都笑得像个傻×……今天，今天我们亲眼看见魏晨牵了新女友的手过来，介绍给小小："来，叫嫂子。"

太打击人了……

可就算是这样，也打击不到小小一颗暗恋的心。

你说暗恋是什么呢，大概我们最舍得去爱一个人的时候，恰恰就是暗恋的时候。至少对苏小小，真是这样。

不知道是不是每一个暗恋的人都自带 GPS 系统，总之苏小小彻底成了魏晨的小尾巴。苏眉在的时候，小小就乖乖巧巧地躲在一边，并不去打扰。苏眉不在，小小就探出头，给魏晨收拾乱七八糟的寝室，熨好苏眉送给魏晨的衬衣，然后把第二天魏晨要送给苏眉的鲜花插在蓄满水的瓶子里。

暗恋中的苏小小，简直变了一个人。原先是魏晨这妹控天天盘算着，怎么把苏小小这头吃货喂满意了。可自从有了苏眉，魏晨的一腔心思都转去了那儿。反倒是苏小小，天天愁眉苦脸地帮魏晨想，明天早饭该给苏眉带什么。

"你这是不是犯贱啊。"我们恨铁不成钢，"备胎做到这份儿上也真是服了你了。"

可苏小小却笑："你放心，我不是备胎，我只是过客。我不求什么，只想在还能路过他生活的时候，远远地看着他，就好。"

这过客一过，就是四年。

四年间，小小脱胎换骨。都说女大十八变，小小在这四年间迅速抽条，从 155 的矮冬瓜，长出了 170 厘米的大高个儿。圆滚滚的小脸有了尖下巴的痕迹，小胸脯也在阳光下迅速成长，配上小小原本就白里透红的水嫩肌肤，小小逐渐有了美人坯子的样子。

当然，这一切魏晨是毫无察觉的。我们都说，这个呆冬瓜，估计从头到尾就没对小小起过什么念想，要不然怎么能视而不见得如此理直气壮。

小小只是笑，对我们撺掇她另觅新欢的建议不置可否。暗恋仿佛已经是苏小小的一种习惯，就像吃惯了的小榨菜，就算没那么想吃了，可时不时地，还是会想起来。

可你说，魏晨到底有什么好？我们问小小。别看魏晨在人前一副儒雅君子、温润如玉的形象，四年下来我们心里都清楚，就算是男神也有邋邋遢遢的寝室和脏袜子，就算是学霸也有考前抱佛脚的时候。说白了，男神这东西，也就不认识的时候看看，真等熟悉了，也就是一普通人。

何况，魏晨和苏眉多稳定啊！在大学里面，能挨过四年的情侣，少的屈指可数。魏晨和苏眉早就见过了彼此父母，连小小爸妈都见过这一对伉俪。这样的一对，他们不结婚，谁结婚？要我们说，小小应尽快死了这条心，赶紧趁着春光大好、风华正茂，正儿八经谈一个男朋友。

"我知道，我知道。"小小说，"我只是不放心。等他们结婚了，我一定撤。"

6

可是，苏小小终究没能等到魏晨结婚的那一天。

在临近毕业前的一个月，魏晨和苏眉分手了。

虽然毕业季就是分手季，可魏晨跟苏眉的分手，还是让所有人始料未及。不过这也是在情理之中——苏眉拿到了美国 TOP 大学的录取通知书，本硕连读，全额奖学金。苏眉的话说得婉转："我这一去就不知道多少年，也不知道以后还回不回来，让你在这里等我，对你不公平。"

啊呸，我们吐槽，连甩人都甩得如此楚楚可怜、道德高尚，也是醉了。

魏晨一个人在学校里喝得酩酊大醉，等我们找到他的时候，他正抱着校园里的一棵大树吐得一塌糊涂。小小走过去搀起魏晨，魏晨在小小怀里号啕大哭："她怎么就这么狠心啊！四年啊，四年的感情她怎么说扔就扔！"魏晨扎煞着双手，不知道是要牵住谁，"你说说，人一辈子能有几个四年哪！"

小小握住魏晨的手，眼圈一红，蓦地掉下泪来："可是魏晨哥哥，我却已经等了你十年。"

"咣当"一声，我们回头一看，魏晨这蠢货彻底喝大了，倒在地上人事不知。

在魏晨最难过的一段日子里，是小小陪着度过的。我们也不知道那天晚上的告白，魏晨究竟听到没有，但从那之后，小小绝口不再提这件事情。每天除了上课，小小就泡在魏晨的宿舍，想方设法地做各种好吃的。那段时间，就连小小熬汤的下脚料都能把我们喂得肠肥肚圆。

我们从来不知道，小小原来这么会做饭。山笋炖排骨、香菇炖小鸡，不过小小做得最好吃的，还是蒸水蛋。

小小做的蒸水蛋精细极了，跟我们粗枝大叶、随随便便搅打几下就扔进锅里蒸出来的鸡蛋羹不可同日而语。鸡蛋放在无水无油的玻璃碗里打碎，细细地过一遍筛子，混合纯净水与鲜牛奶，放入碎碎的虾仁粒、香菇碎、胡萝卜丁，上锅蒸 12 分钟焖 12 分钟，出锅后点几滴香油，调一匙生抽，撒一把小葱花。这样蒸出来的水蛋嫩滑细腻，颤颤巍巍地堆在勺子上，散发出如同上好美玉一样的温润光芒。

我们啧啧赞叹，小小却只是笑了笑："这蒸水蛋，还是我跟魏晨哥哥学的。"

小小的父母是工程师，三天两头地不在家。魏晨妈妈又忙着在各处打工贴补家用。可以说，小小从小就跟魏晨待在一起。

魏妈妈不在家的时候，除了嘱咐魏晨照看好小小，还会准备好一桌菜放在冰箱，以防自己一时回不来饿着两个孩子。

可那天就不知道怎么赶巧了，小小爸妈出差去了外地，魏妈妈也去了郊外的工厂做零工忘记了留饭，那天又恰好遇到几十年一遇的大雨，半个城市交通都陷入瘫痪。七八岁的小小，正是长身体的时候，小孩子家又不耐饿，等熬过一个漫长的午后，发现晚饭还是没着落的时候，小小终于忍不住，放声大哭。

其实要照今天，让魏晨领着小小出门随便买点什么，或者去邻居家随便蹭一口饭都是好的。但魏妈妈临走前千叮咛万嘱咐魏晨不要带着小小乱跑，听话的魏晨也就真的和小小老老实实待在家里不出门。

小小到现在还记得，那时候窗外大雨如注，楼道里漆黑一片，只有魏晨家的日光灯勉强发出微弱的光。年幼的小小肚中饥饿，坐在床上号啕大哭。魏晨大不了小小几岁，看着年幼的妹妹哭自己却束手无策。

后来呢，魏晨还是鼓足勇气，敲开了楼下邻居的大门讨来两枚鸡蛋，就着家里仅剩的一点香菇和葱花做了碗蒸水蛋给小小。那时的魏晨并不会做饭，蒸出来的水蛋又硬又干，一点儿也不好吃。可小小从那之后，就爱上了魏晨哥哥做的蒸水蛋。

大概也是那时候，小小懵懵懂懂地喜欢上了那个可靠、可以让自己依赖的魏晨。

从那之后，蒸水蛋就成了魏晨与小小之间的小秘密。逢上年节，或者小小有高兴的事情，小小就缠着魏晨让他做一碗蒸水蛋。这么多年下来，魏晨的蒸水蛋越做越好，小小对魏晨的依恋也越来越深。小小从来没有深想过这些问题，但小小真的以为，魏晨的蒸水蛋，自己能吃一辈子。

直到后来，魏晨有了苏眉。而小小被钉刻在妹妹的位置上，不得翻身。

7

后来的事情大家都知道了，不管魏晨与苏眉爱得多么情深意笃，可该分手的时候，还是得分手。

但奇怪的是，小小也没有同魏晨走到一起。

魏晨分手后，着实消沉了很久。原本全校闻名的大才子，最后竟连研究生都没有考，随随便便地找了份工作做着。这实在是大跌眼镜，周围师长、朋友、家人、亲戚都劝，为了个女人值得吗？只有小小什么也不说，她不在乎魏晨考得好不好，工作怎么样，小小说她就担心他吃不好。

后来，魏晨渐渐从失恋的阴影中慢慢走了出来，而小小也没有再表白。那天晚上的一句"十年"，仿佛都只是我们的错觉。小小再一次安静地退出了魏晨的生活，而这一次，是她心甘情愿。

"我说过，我只是他的过客，"小小微笑，"我不知道他的终点最后会在哪里，我只是在经过他身边的时候，陪他一段，拉他一把。而最后，他是会重新上路的。"

再后来的事情，我就不太清楚了。高中毕业后，我们各奔东西，零零散散地听了一些传言。据说魏晨在那之后不久就辞了职，申请了美国的顶尖商学院，不知道是不是去追苏眉。而小小也考上了本埠的大学，老老实实地成为魏晨的学妹。

……

再见小小，是在魏晨的婚礼上。小小果然出落得越发漂亮，她穿了粉红色的伴娘服，端着酒杯，落落大方地盈着笑，跟在魏晨与新娘身边接待来宾。

没错，新娘终归不是她。

也不是苏眉。魏晨最后的终点，是一个脸颊圆圆的姑娘，看起来善良又活泼。新娘子拉着小小的手咬耳朵，脸颊浮起略带紧张的红晕。

小小说："这个嫂子，我真喜欢她。"

"那魏晨呢？"我突然问，"那你还喜欢他吗？"

小小被我问得一愣，然后突然笑了："魏晨啊，当然是喜欢的。"她顿了顿，"但你知道，他是我哥。"

小小望着我，眼神澄澈坚定，云淡风轻。

我想对于苏小小来说，这大概便是十年最好的结局——以自己喜欢的方式开始，然后以自己喜欢的方式结束。

不过还好，小小毕竟还年轻。青春的最大意义大概就是，输得起。即使很受伤，我们也不会失去再次去爱的能力。

小小后来告诉我，她最喜欢某部电影的宣传语，真的超级经典：爱对了是爱情，爱错了是青春。

魏晨是苏小小的整个青春，而我望着小小手机里她和男朋友在一起的亲密合影，心想，至少有一次，会是爱情吧。

蒸水蛋做法：

1. 取无水无油的玻璃碗，打入两枚鸡蛋，用打蛋器搅打均匀；

2. 搅打好的蛋液过筛，加半碗清水，半包牛奶搅匀；

3. 胡萝卜切丁，香菇切碎，虾仁切粒，然后放入准备好的蛋液中；

4. 将装有蛋液的碗蒙上一层保鲜膜，防止蒸蛋过程中水蒸气滴落，放入蒸锅中蒸10分钟；

5. 焖15分钟即可起锅，盛出后淋少许生抽、香油，撒少许香葱碎即可。

请你一定要等我

小小是个剩女，不折不扣的剩女。

"剩女"这个词怎么讲呢，在百度百科上说，剩女一词"泛指已经过了社会一般所认为的适婚年龄，但是仍然未结婚的女性。广义上指 27 岁或以上的单身女性。"小小心里暗暗点个赞："妈蛋，要不要这么精辟。"

没错，小小今年 27 岁。从小小年满 25 周岁的那一天起，身边就有无数的亲朋好友明里暗里地打趣，怎么还不找男朋友啊，什么时候结婚啊，等着吃喜糖呢。每到这时候，小小就只能满脸堆笑地哭丧个脸：首先得有个男朋友。

说来也是邪了，小小虽说算不上美女，可年轻那阵儿也是眉清目秀、腰细腿长来着，可从高中开始一直到参加工作，生生就被耽误了。不是小小眼光太高谁也看不上，也不是小小太纯情完全不想谈恋爱，就是也不知道怎么了，时间就这么匆匆流走，小小白白蹉跎了光阴。

都说少女情怀总是诗，可小小的少女时代回想起来，实在是无趣得离谱。别说那些一起上自习、写情诗、偷偷拉个手的青涩早恋没有过，就算是大学里看个电影都形单影只。

说真的，看着身边的好友一个个与男友如胶似漆，小小不是不羡慕，可一转头，唉，还要忙着写报告，考证书，打工赚钱呢，哪儿有工夫谈恋爱！于是一个没工夫，就被拖到了现在。从此所有的风花雪月似乎就与小小无缘，爱情于小小而言不再是花前月下、你侬我侬，而是一个无比现实的问题：在年届而立之前找到一个男朋友——一个可以结婚的男朋友。

周围的亲戚朋友都在催啊，催啊，小小你究竟什么时候结婚？小小也不知道，只好把所有的业余时间放在相亲见面的大业上。

一周工作辛苦，想要休息一下？休想，这边厢家里人早已经安排了五六七位青年才俊。从一家饭店到另一家饭店，从一间咖啡馆到另一家咖啡馆，小小实在是记不清，从 25 岁生日过完后，两年间她究竟见过了多少位相亲对象。高的，矮的，俊的，丑的，有事业有成却无心婚姻的工作狂，也有英俊潇洒却不主动不负责的浪子……小小并不是唯爱情论者，可谁年纪轻轻的时候没幻想过会有那么一个人，他懂你，知你，愿意执起你的手，一辈子不离不弃。

只可惜再美的梦也终究抵不过残酷现实。哪有这么多灵魂伴侣呢，周围的人纷纷地劝着，爱情不过是多巴胺的幻觉，18 个月之后，谁和谁不是过日子。

小小不是没想过坚守自己的标准。可当年届耄耋的爷爷奶奶，也开始明里暗里打听着"小小什么时候让我们抱上孙子"的时候，小小还是死了心。过日子罢了，小小想，谁不是一样呢。

于是，也就真的凑合了。

对于小小的新男友，周围的朋友们没有一个人看好。

小小与男友相识在某个相亲会上，没错，当然是相亲。他是那一天小小见的第六个相亲对象。

身边的介绍人喋喋不休："哎呀，小小我跟你说，你别看他身高不高，家庭条件、学历、收入是一般了点，可这人有个好处啊，他老实啊。你看他多靠谱，不抽烟不喝酒，又老实又顾家，现在小年轻不都讲究个经纪适用男吗，喏，他不就是！"

介绍人一脸天生的喜气洋洋，恨不得当下就牵线保媒把二人扔进洞房。她悄悄地跟小小咬耳朵："可不能再挑了，错过这村可就真没那店了！"

小小抬头仔细打量眼前的男人，他果然长了一张平平无奇的脸，在咖啡馆昏黄的灯光下显得格外诚恳老实。面对介绍人一脸推心置腹为你好的表情，小小突然间觉得有些疲惫，这么多年，见了那么多人，关于真爱这种事情，早就应该死心了的。既然跟谁谈都是谈，小小看看眼前平凡老实的男人，那不如，就这个吧。

我们纷纷不平，为什么不挑？当然要挑！若万一嫁了这样的男人，你图什么？可小小只是叹一口气，有什么办法，我总是要结婚的啊。

哦哦，结婚，我们纷纷退散，这真是剩女头上一道紧箍。

于是小小这恋爱也就不温不火地谈下去，才谈了没两个月，男人就说，我们将来早晚是要结婚的，干脆住在一起吧。小小自是不愿，却耐不住男友软磨硬泡，于是，恋爱的甜蜜滋味还没尝过，便顶着女朋友头衔早早做了他人煮妇。

小小原以为自己的剩女生活本就称得上无聊，可真真在一起才发现，原来主妇日子更难过。

男朋友不仅闷且宅，业余生活更是无趣，似乎只要靠着游戏电视就足够打发每一个周末。这当然不是小小的理想生活。小小是文艺女青年，恋爱前也曾幻想着有一个知心的他可以手挽着手一起郊游、看剧、谈天说地。小小本不以为这是严苛的要求，可现实却给了她重重一击。

男人并不是谈吐幽默、见识广博的人，比起与小小聊些虚无缥缈的天，他宁可在电脑前一坐一上午，打打杀杀声不绝于耳。

而小小自从做了他人妇才知道，一个家庭主妇的日常工作竟然如此繁杂。扫地、擦地、洗碗、洗衣，男友不是不体贴，只是多年来大男子主义的观念让他心安理得地做起了甩手掌柜，这里里外外、零零碎碎的家务事便成了小小作为女朋友甚至妻子的应尽之责。有时候小小觉得，这样的日子，虽谈不上相看两厌，却实在没什么意思。

可是，哪里有男人能十全十美呢？小小看着窝在沙发上跷着脚的男朋友，心里叹口气，算了，至少他还算老实。

不过，谁说老实人就不会出轨呢。

小小的男友居然出轨了，这不仅震惊了小小，更惊掉了朋友圈一众好友的下巴。

我们费力地回想那个男人，他……究竟凭什么呢？可再怎么仔细地想，脑海中浮现的依然是一张平平无奇的庸碌的脸。可就是这样平凡到乏味的男人，居然在小小眼前上演了一场狗血剧。

奸夫淫妇自不必再提，分了就分了，没有人会可惜，我们唯一担心的是小小。

虽然小小在东窗事发后就果断甩掉这貌似忠厚的渣男，可第一段恋情就这么狗血收场，怕是任谁也会觉得委屈窝火。何况，这也未免太打脸。小小本就是在一众亲朋的催促下，才找了这么一个貌似忠厚的老实人。如今老实人真相被戳破，除了感叹造化弄人，我们实在不敢想小小心里是要何等沮丧。

可真等见了小小，我们才知道担心都是多余的。

窝在家里穿着兔子家居服的小小听说了我们的来意，眼睛瞪得圆圆的："我天，你们太小瞧我了吧！"神色间半点不见男友出轨的抑郁伤心。

"你……要伤心就说，别瞒着。"薇薇迟疑着开了口。

小小却翻了个白眼："真没事。"

"真的？"我们狐疑。

小小见我们不信，想了想，岔开了话题："吃饭了没？"我们不明所以，小小泰然自若："没吃的话我做了好吃的，要不要尝尝？"

"……"

等我们回过神，手边都多了一碗热气腾腾的腌笃鲜。几年不见，小小的手艺并不见退步，一碗腌笃鲜煮的汤清肉嫩，冬笋鲜甜，小排酥嫩，咸肉鲜香，让人食指大动。我们正大快朵颐，小小幽幽地开了口："好吃吗？"

"嗯嗯嗯"没人搭理她，吃东西呢。

"好吃是吧，我也好久没吃了。"

"呜？！"我们瞪眼，不知道话题怎么扯到这个上头。

"这就是为什么我觉得分手也不错啊。"小小说。

"？？？"

这话得从头说起。

小小妈妈是个保守的中年妇女，从小小有了新恋情开始，小小妈妈就开始喋喋不休地向小小传授她十几年的夫妻相处之道。旁的不赘述，但"嫁鸡随鸡，嫁狗随狗"是中心思想，"踏踏实实过日子，别总是想有的没的"是主题论点，小小妈只恨不能把小小回炉重造成贤妻良母。

小小最初没觉得什么，可日子过得越久，小小就觉得越不对劲。

男友并非自己所愿，自己也越来越不喜欢自己。小小原本就是小资的性子，自己一个人，虽说寂寞无聊，可总归有时间熬个汤，做个饭，小日子也算是有滋有味。可自从与男友在一起，小小几乎再没了单身时候的闲情逸致。

男友家住得远，因此小小上完一天班回来，到家就要七八点，哪还有心思好好做饭，随便凑合两口都勉强，更别说像单身时候有事没事熬个猪脚黄豆、红枣银耳。

除了不再做饭，小小的日子也是越过越粗糙。小小实在记不清，自从谈了男朋友，自己究竟有多久没有好好地敷过一次面膜，认真地看过一次展览。没钱，浪费，没时间，家务多……理由总是很多，可日子久了，小小揽镜自照，有时候连自己都觉得面目越发可憎。

小小对男友并不算爱，可婚姻是一张网，纵然千般不愿，小小依旧越来越没了自我。

直到小小分手后，朋友的一句话点醒梦中人："日子怎么能凑合呢？凑合出来的，除了痴男怨女，还指望有什么好日子过？"

　　小小这才恍然大悟。对于这段感情，小小从来只是抱着凑合的心思随便过过，于是漫不经心地对待，自然只能收获一颗苦果。爱情是一碗汤，日子也是一碗汤，只有足够精心地对待，才能有鲜美的好滋味。

　　毕竟，熬一碗汤，是急不得的。

　　所以呢？所以小小在我们面前鼓着气："所以这一次，我要宁缺毋滥，就算年纪大了嫁不出去，也绝对不凑合！"

　　我们笑作一团。

　　要我说，这世间旁的都好讲，唯有缘分最难熬。人生际遇不定，缘分来去难言，在那个对的他还没有踪影的时候，我们唯一能做的，也不过是好好地、用心地熬一碗腌笃鲜，然后大概也就能在一碗汤的鲜甜里，好好爱自己，好好等下去。

　　因为，始终要相信，善于等待的人是有福的。

腌笃鲜做法：

1.将五花猪肉洗净，煮熟，切块；

2.将咸猪腿肉洗净，切成块；

3.准备一只砂锅，锅内加清水、猪肉块、咸肉块，用大火烧开；

4.加酒、葱段，改用中火慢慢焖到肉半熟，再加入竹笋块、盐、少许味精，焖熟透后，撇尽浮沫，取去葱段即可。

熬出来，才是好滋味

记得一代传奇伊丽莎白·泰勒曾说过，爱情是女人一生的事业。那么从这个角度上讲，阿白大概并不能算成功。

我与阿白是大学里的室友，分宿舍的时候，多少人都曾羡慕过我们的好运气，竟能和这样的美人同室共处。

真心讲，就算是女生也不得不心甘情愿地承认，那时候的阿白真是个美人。一米七的大个子，白得能透出光的皮肤，还有让人羡慕不已的深目直鼻。同她一个宿舍，旁的好处不必说，光是阿白多如过江之鲫的追求者年节里贡献的零食巧克力，就足够一寝室女生人人增重三五斤。

都说女生长得太漂亮会招惹同性嫉妒，所以美女大都少有同性闺密。可阿白却是例外。我想除了巧克力的功劳外，这八成还应该归功于阿白的直爽脾气。

阿白是典型的北方妞儿，脾气爽直，大方义气，不像小女生一般弯弯绕绕。提起阿白，不管男生女生都只有交口称赞的份儿。女神做到这份儿上，也算是完美了。

但就算是这样的完美女神，竟也在第一段婚姻中遭遇了滑铁卢。

阿白的男朋友我们都认识，是高我们一届的外院师兄。师兄据说是理学院的尖子生，人长得俊朗不说，还弹得一手好吉他，是学校上下有名的才子。不过那时候阿白身边的追求者过多，除了例行的早送饭晚打水，师兄也是颇费了一番心思才抱得美人归。

在大二的新年晚会上，他自弹自唱，献给阿白的一曲情歌轰动了整个校园，也最终使他在众多追求者中脱颖而出，赢得了一颗美人芳心。

我们与这男生并不相熟，私下里也曾暗暗担心过，自古才子多风流，不知道这师兄是不是也会花心善变。可之后的一番相处，就知道我们的担心不足为道，明眼人一看就知道这个男人对阿白确实是情深义重、溺爱疼宠，眼中的绵绵情意不似做伪。

阿白也没有辜负这片心意，自从有了男友，尽管身边依旧不乏桃花，但阿白一心一意、心无他骛，走到哪里都能看到他们俩你侬我侬的身影。从此，这一对成为了学院里一段佳话。

毕业后，阿白决定继续读研，而男友则早在城中找到一份不错的工作。都说毕业季就是分手季，班上也有几对情侣就此劳燕分飞。可阿白与男友的感情似乎并没有受到什么影响，刚拿到毕业证，还没等吃过散伙饭，就传出阿白和男友一起见家长准备结婚的消息。

要知道，学生时代谈恋爱的固然不少，可真能修成正果的也不过寥寥几人，这下真是所有的姑娘都不禁要感慨阿白的好运气。

但谁也没料到的是，两人结婚还不到一年，就传来分手的消息。

我接到消息的时候正在国外，没有见到阿白，也就无从得知真相。

只是听国内朋友说，那段时间阿白憔悴得很厉害，就好像一朵正在怒放的玫瑰，一夜之间失去了所有的养分。再之后，阿白就从整个朋友圈子里销声匿迹，没人能联系上她，谁也说不清她究竟去了哪里。

再见阿白，已经是两年后。那时候我刚回国，见过了一圈昔日的同窗好友，正想着要不要去见见阿白，但又怕会勾起她的伤心事。犹豫间，阿白倒自己找上门来。

我们约在城东一家颇有口碑的苏浙菜馆，门面不大，却胜在干净雅致，更有好喝的黄稠酒，可以让我俩量浅的姑娘也能多饮几杯。

几年不见，阿白已经变了一番模样，原本是大大咧咧的北方姑娘，现在虽说不改爽直本色，眉目间却颇见温婉，犹如脱胎换骨。不过阿白气色尚好，神色间透露着温柔与满足。

米酒正温，气氛正好，聊完了当年在一起的各种窘事，我小心翼翼地提起了她失去踪迹的那两年。

阿白微微一笑："其实也没什么，我只是回了一趟老家。"

那时候阿白刚刚同前夫办完离婚手续，在之后很长的一段时间里，阿白都有种噩梦初醒的感觉。

阿白实在想不通，她与他究竟是怎么从郎才女貌的登对情侣，最终走到相见两厌的境地。可后来阿白想，性格不合绝不只是一句托词。

阿白是美女，从小习惯了众星捧月，多多少少也有些小性子。热恋的时候，男友自是愿意伏低做小，博得美人一笑。阿白天真地以为，男友会这样纵容宠溺她一辈子。

只可惜她忘了，婚姻并不是恋爱，年少时再美好的爱情也抵不过日子里的柴米油盐。恋爱时阿白的撒娇任性是可爱是娇蛮，但现在只会剩下男友满脸的厌烦与不满。想当年，男友也曾是理学院一时间的风云人物，两个骄傲的人凑在一起，如果没有一人愿意妥协，那剩下的日子就只能充满了争执吵闹。

最开始还只是些鸡毛蒜皮的小事引发的拌嘴斗气，可渐渐地，一点儿小小的不满也能引发两人间的世界大战。阿白又是吃软不吃硬的刚强性子，尽管气过后也想修复彼此的关系，可话到嘴边又拉不下脸面去道歉，只好继续僵持冷战，直到熬不住重新开始大吵大嚷。

在日复一日的指责吵闹中，阿白的婚姻终于走到了尽头。没有人出轨，也没有人变心，可就是这些俗世里的日常琐事，终于将一段曾经人人称羡的爱情消磨成满地鸡毛。

阿白离婚后，一直不敢把这个消息告诉父母亲朋，更觉得无颜面对昔日同窗，只好躲躲闪闪在租住的小房子里舔舐伤口。

最后阿白的姥姥联系上了阿白。

在一片天昏地暗、日月无光的日子里，姥姥的电话就像一根救命的稻草。听到姥姥声音的那个瞬间，阿白哇的一下痛哭出声，抽抽噎噎地诉说着所有的委屈。

听完阿白断断续续的倾诉，一向疼爱她的姥姥并没有急着安慰，只是长叹了一声说："你要有空，就回趟老家吧。"

阿白迅速辞去了北京的工作，拉起一只小小的行李箱，不声不响地回到了自己长大的地方。

阿白的老家在距离省会仅有十几公里的小县城，就藏在盘盘绕绕的山村公路边上。阿白的外公原先是镇上村办小学的老教师，退休后就在离家不远的山洼洼里收拾出一个小花园，安心侍弄他的花花草草。

阿白回去的时候正是初夏，满院子里开满了各种各样的花儿：丁香，茉莉，栀子，玫瑰……可再怎么繁花似锦，阿白只觉得冷。阿白想，那时候的孤独大概就是，满院子盛开的花，却觉得再没有哪一朵是为自己而开。

看着刚到家的阿白，姥姥并没有说什么，仿佛完全忘记了阿白离婚这件事，只说着希望让阿白能好好多待几天。

回到从小住惯了的平房土屋，阿白觉得一口气终于舒了下来。之后一连十几天，阿白把自己关在房间里不出去，只是日夜颠倒地睡。

其实阿白并不觉得自己有多伤心，只是觉得累，觉得冷，全身上下没半点儿力气，只恨不得一直睡到天荒地老。一向督促阿白早睡早起的外婆这次却并没有多说什么，任由阿白在屋子里"醉生梦死"。

在阿白关了自己十几天后，姥姥敲开了阿白的房门，对阿白说道："你要是没事，就出来帮我做糯米藕吧。"

糯米藕是阿白最爱吃的食物之一。

因为阿白爱吃藕，阿白的姥爷特意在家附近的池子里种了一塘荷花。刚掘出来的鲜藕最是好吃，脆嫩鲜甜的大白藕洗净去皮，切成段，稍稍撒一层白糖就是无上美味。再讲究点，做成藕荷也好吃。莲藕切成半厘米厚薄的连刀片，里面夹上调了香菇小葱的肉馅，挂上面糊炸到金黄，是一冬天里孩子们最爱的零食。

不过阿白最爱的，还是姥姥亲手做的桂花糯米藕。

姥姥祖籍苏北，上山下乡的时候同姥爷在陕北的农村结识，之后又随着姥爷辗转到这个内陆的小县城。虽然这么多年的北方生活已经让姥姥在外表上与普通的山东大妈无异，可骨子里，姥姥依旧保持了些江南女儿家的浪漫精致。除去日常粗枝大叶的农家土菜，姥姥的汤水甜食算是一绝，而这桂花糯米藕，更是姥姥压箱底的拿手菜。

沾了桂花味道的糯米藕油润香甜，再配上一碗热气腾腾的大枣莲藕红糖水，这样香甜软糯的滋味，曾是阿白记忆里最温暖的童年味道。

桂花糯米藕制作起来并不困难，所需的只是耐心。从金桂飘香的日子起，姥姥就开始准备糯米藕的各种原料。

桂花糖是这道糯米藕的点睛之笔，每年秋末，姥姥会指使姥爷拿一根长竹竿把桂花小心敲下来，再扫起盛在藤筐里晾晒，等阳光一点点烘焙出桂花独特的香气。半干的桂花是做桂花酱最好的材料，经过糖与水的耐心熬煮，桂花甜腻的香味会被催发到极致。这时候，就只等着鲜藕上桌了。

刚挖出的莲藕洗净去皮，从藕节处开出盖子，阿白与姥姥分坐长桌两边，把浸泡整夜的甜糯米灌进藕的空隙。

这活儿看起来简单，却最耗时间。米轻孔小，浸泡过的米粒不会自己落下去，这就需要借助筷子的力量把米粒捅进去。一次装的米也不能太多，否则不仅会撒得满桌都是，还会让糯米压不实。所以光是这一装一捅，就能消耗掉一整个下午的时间。

阿白是急性子，起初还能耐着性子一小把一小把压实糯米，后来就坐不住，也懒得一点点用筷子压实糯米，只想着赶紧把米装满算完。正在这时，一旁端坐着的姥姥瞅了瞅阿白，突然问道："你知道你们为什么会离婚吗？"

阿白被这突如其来的问题问得一愣，这么多天来，姥姥从没提起过自己失败的婚姻，现在怎么又突然想起来了？

可姥姥并不理会阿白的诧异，自问自答："是因为你们啊，缺少耐心。"

姥姥不紧不慢地填充着手里的藕节："婚姻就好比做这糯米藕，你要有耐心，有耐心等着桂花发酵成糖，有耐心一点点把米粒压实，更要有耐心，等着糖水把莲藕熬煮成汤。你看着莲藕是主角，其实啊，糖水和火候才是关键。过日子也是这样，男人就像莲藕，而女人像是这锅糖水。莲藕看着坚硬，可耐不住熬煮啊。只要有耐心，糖水熬得时间够久，再硬的藕节也会被熬软，染上糖水的味道。"

姥姥抬起眼来望着阿白："过日子可不是硬碰硬，两口子都来硬的，那日子还不得天天打。女人啊，就要懂得放下身段把自己化成糖水，要有耐心去熬这锅汤，然后，你才能吃到好味道。"

说完，姥姥收拾好填满的藕节放到灶上熬煮，只留下若有所思的阿白望着咕嘟咕嘟冒泡的砂锅发呆。

两天后，阿白返回城里，带着姥姥做的一大盒糯米藕。

没多久，阿白重新找了一份工作，然后找到前夫。谁也不知道阿白都说了些什么，只是不久前，阿白与前夫又去了一趟民政局，把绿本本换成了红本本。

饭桌上阿白对我说，过段时间，他们打算要个小孩。

"那么，你们现在还会吵吗？"我好奇地问阿白。

阿白笑笑："会啊，怎么不会，过日子哪有不磕绊的。不过现在我也不急，反正我知道怎么哄他，一般来说，我总有办法能磨到让他听我的！"

阿白随手夹起一片糯米藕冲我眨眨眼："你知道的，耐心熬煮出来的，才是好味道嘛。"

桂花糯米藕做法：

1. 莲藕洗净去皮，切去一端藕节，并用清水洗净藕孔；

2. 糯米提前浸泡2小时，晾干水分，由藕的切开处灌入糯米，直到灌满压实；

3. 藕节灌满后将藕盖用牙签固定、封口；

4. 酿好的藕节放入砂锅，加入清水并没过莲藕，并加入适量大枣、红糖同煮；

5. 大火烧开后转小火煮，约一小时后加入少许冰糖焖煮一刻钟；

6. 煮好的糯米藕盛出，放凉备用；

7. 另起锅，取适量煮藕水，大火熬制，加入少许干桂花，煮成黏稠蜜汁状；

8. 将糯米藕切片，浇上熬好的蜜汁即可。

不会吃辣又怎样

他真是我认识的最奇怪的四川人。

作为一个南方人，他生的也未免腼腆，不过为人却倒是难得的踏实诚恳，言谈之间还颇有点文采风流的意思。

更令人羡慕的是他的皮肤，那样干净细致的好皮肤简直要引得一批女生去厕所里哭一哭。最关键的是，无论吃怎样油腻辛辣的食物，他的脸色也半点不见痕迹，对于我这般吃货而言，这才最值得艳羡。

川人嗜辣，他也亦然，只是有一点，麻辣烫他却只吃骨汤的——简直就是有辱麻辣烫的名字嘛。

不是不爱吃辣，水煮鱼、泡椒蛙、姜辣猪蹄、红油抄手，他吃得比谁都欢。可唯独最该麻辣的麻辣烫，他反而一点辣都不肯沾。

于是每次小组讨论的间歇，我们去学校对面的川菜馆子吃饭，剁椒鲜香，酸汤麻辣，每个人都吃得大汗淋漓。只唯独他，捧着一碗特意嘱咐不要辣椒的骨汤麻辣烫吃得欢快。

不是没问过缘由，他只说是习惯。便有女生暗自揣测，这怕不是他保持皮肤清爽的秘诀罢。于是几个姑娘联起手来逼问，纠缠不过，他只好讲了个关于他父母的故事。

他的父亲是最早一届的大学生，那时候大学生都金贵。他的父亲更是天之骄子，眉目间都是看尽长安花的意气潇洒。而他的母亲则只初中文化，守着一间小店，靠祖传的麻辣烫手艺过日子。

年轻时的母亲眉目如画，手艺更是没的说，十里八乡都知道，在大学门前的这一爿小店里，有个水灵灵的姑娘，不仅长得好颜色，那一碗麻辣烫更是麻辣鲜香，过瘾得不得了。

南地多才子，但于辣之一味总是不在行的。父亲本不嗜辣，奈何小店着实火爆，同学聊天总会提一提这间不大的店面，父亲也少不得被同窗好友拉来一试。

最初倒当真是为这异香所诱，可日子久了，那些在日久天长的岁月里生出的知慕少艾的懵懂心思，早就在不经意间刻在了心上。

父母俩人相识的过程，说来也真是俗套到家的桥段。

某日夜半收摊，几个不长眼的小混混跑来闹事，顺便想要调戏一下年轻貌美的老板娘。母亲本就是泼辣辣的性子，一双俏丽的大眼睁圆，挥着勺子便要冲上去。

说也巧，父亲那日正被同学拉着来打牙祭，见状后直接将手里的篮球砸向混混的脸上。

嗯，那一仗打得着实惨烈，父亲本来就是文弱书生，讲究的是君子动口不动手，哪见过这般阵仗。混混是打跑了，自个儿也落了个鼻青脸肿。

但好在并不白费，母亲就此陷落了一颗美人心。

"其实哪里用得着他来出头呢，"母亲后来这样抱怨着，"生意做久了，这种事情哪里会碰不到。只要一勺子滚汤泼出去，便是再来几个都能吓跑了。也就他，呆头呆脑地自讨苦吃。"但眼里的笑，却是掩也掩不住。

从那之后，父亲也就成了常客。不能吃辣，但总归能尝些炸花生、盐毛豆之类的小菜。到后来，纵然不吃饭，父亲也不忘常来母亲的小店闲坐，带上一束路边的野芍药，或是一本看过的好书。

多数的时候父亲并不讲话，低头看他的书，母亲就取来一只雪白瓷碗，供上粉嫩粉嫩的山芍药，然后便心满意足地靠在大锅旁，一心一意地熬那瓮老汤。

不是没有人劝过，外公总说嫁汉嫁汉，穿衣吃饭，但若是饭都吃不到一处去，那日子又怎么能过到一起去？母亲犟着不说话，却不声不响地早早与父亲领了结婚证。

大红色的本子捧到外公面前，外公没再言语，只蹲在门边一口接一口地吸旱烟。

出嫁的那天，外婆拉着母亲的手泪眼婆娑："幺妹不晓事，今后要吃苦头可怎么办哟！"

父亲走上来接过母亲的手，端端正正给外婆磕了个头："妈，您放心，我会好好待她。"

母亲是典型泼辣辣的川妹子，性子急起来总是一点就着。父亲倒是像极了江南的温山软水，慢吞吞的水磨性子。这么多年来，俩人竟然都没闹红过脸。

私底下，母亲不是没抱怨父亲的温吞性子老好人，父亲也牢骚过母亲性子暴烈。可纵使是小吵小闹，那也是蜜里调油的日子里的情趣。

家中惯常是母亲掌厨，父亲也争取过，可没做两顿母亲就受不了了。那些四季烤麸、笋瓜、面筋在母亲嘴里都是一个味：没味。哪儿比得上葱爆虾、水煮鱼来得爽利。

父亲抗争无效，掌厨大权又交还到母亲手里，于是餐桌上又重新端上了鱼香肉丝、宫保鸡丁，尤其是那碗麻辣烫，漂着红油芝麻葱花，红艳艳的让人从心里就流出口水来。

渐渐地，父亲的味蕾也开始被同化，双流兔头、子姜爆鸭吃得比谁都痛快。尤其是那麻辣烫，更是父亲的心头好。虽说每次吃过后，父亲总会大汗淋漓，红肿着嘴角满屋子找水喝。可时间长了，对母亲做的菜，父亲竟然也来者不拒，吃得母亲眉眼弯弯、全心满足。

谁都以为父亲会这样渐渐地习惯这样的饭食，一如他渐渐地习惯了巴山蜀水的山川气候。

直到有一天，父亲被同事送进了医院。母亲闻讯匆忙赶到医院。

"急性胃黏膜损伤导致的胃溃疡。"医生说，"病人是不是喜欢喝酒、抽烟、熬夜？"

母亲摇头，父亲的作息健康是出了名的。

"哦，那肯定是吃辣了吧？"

"吃辣？"

是啊，不怪母亲疑惑，这川城上下，有哪个不吃辣？

"是的，"医生解释，"如果常年不吃辣的人，突然开始吃辣，而且食用过量的话，就会损伤胃黏膜，从而导致胃炎甚至胃溃疡。"

　　母亲愣住，是啊，父亲本来就是不能吃辣的。据说儿时养成的饮食习惯会伴随一个人的终生，父亲所熟悉的，素来都只是如同故乡山水一般的简洁清淡，川蜀之地的麻辣美食于他，从来都不是习惯。

　　"可他怎么从来不说呢，"母亲守在病房前喃喃，"憨娃子。"

　　"然后呢，从此你们家就不再吃辣了？"我们七嘴八舌。

　　"怎么会，你看我不吃辣吗？"他笑，"但是，妈妈最拿手的麻辣烫却从红汤换成了骨汤，医生说了，我爸这病就得吃得清淡，得多喝汤。"

　　我想，大概就是这样吧。爱到深处，不会吃辣又怎样？

　　爱情的沟鸿就如同口味的天堑，川蜀的麻辣鲜香与江南的清淡鲜甜之间隔着的是不同的文化、环境、价值观。可若真爱到浓时，总会有那么一个人，愿意为你忍受噬心的痛，咽下你捧来的那一钵汤；也总会有那么一个人，会甘心为你放弃所有活色生香的麻辣诱惑，投奔到你怀中。

麻辣烫做法：

1.将爱吃的食材洗净切块，红薯粉泡发，木耳、豆腐皮、鱼豆腐洗净装盘待用；

2.热锅放油，油热后放入葱段、姜片、花椒、干辣椒段、大料、八角，炒香；

3.放入郫县豆瓣酱与剁椒小火慢炒，直至炒出红油；

4.加入清水烧开，小火煮5分钟；

5.放入红薯粉、鱼豆腐、豆腐皮等食物，煮熟；

6.倒入易熟的蔬菜焯烫；

7.食材盛出后，汤中放少许盐、糖、胡椒粉调味并烧开；

8.把味汤浇在碗中，撒上一层芝麻、花椒、辣椒面；

9.另起油锅，热油烧滚后浇在碗上即可。

"不悔"二字怎生说

要说住了这么多地方，我真是再没见过比胖哥胖嫂这一对儿更能吵架的夫妻了。

刚来北京那阵儿，为了省钱，我租住在酒仙桥后头的老公房里。那地方破破烂烂，从巷子口开始就没有片儿好路走，到处都是坑坑洼洼，裸露的墙皮上糊满了开锁防盗窗、性病梅毒小广告。一下雨，胡同里就开始泛水，进来进去都得踮着个脚。

可就算这种城中村，一套房子市价也要两百万，让人忍不住要恶狠狠地骂声"妈蛋"。

手上有这种房子的人，有钱换房的能卖早卖了，不能卖的也早早租出去，剩下的就便宜了我们这种拿不出多少钱的租客。自从北京城里不允许群租地下室，这种筒子楼、老公房就成了一众北漂们最后的聚居地。

胖哥胖嫂也是住在这一片儿的老邻居。胖哥膀大腰圆，有个社会混子似的光溜溜的脑袋，一身横肉，甭管男女老少，江湖人称"胖哥"。受胖哥牵连，就算他老婆瘦得像只鹭鸶，也不免被叫声"胖嫂"。

不同于一众居无定所的惨绿少年，胖哥胖嫂都是妥妥的老北京人。胖哥原来是电子厂的工人，因为老资格才能分了这套位置算不错的房子。虽说是总共还不到 50 个平方米的老公房，但不管怎么样，那都是自个儿的房子，图的就是个安心。

胖哥胖嫂没钱换大房子，可言谈举止里比一众屌丝多了些气定神闲。后来国企改制，厂子又不景气，胖哥一想，反正年纪也不小了，家里有房，手上有钱，便索性买断工龄做了内退，一个月领个几百块钱小一千，日子也过得下去。

胖嫂一直没出去工作，原本还去家政公司打打零工什么的。后来这片公房里租客多了，胖嫂索性辞了工，在巷子口支了个小摊子，早上卖点馄饨、包子、南瓜粥，虽说粥稀肉少馄饨小，但也算是解决了这片区域里租客的民生大计。

要说这胖哥胖嫂，也算天造地设的一对奇葩。

别看胖嫂瘦得像鹭鸶，战斗力却很是惊人。想当年刚摆摊那会儿，城管的小伙子就过来检查取缔过。

其实说来也不冤。胖嫂占了巷子东头的大马路，因为巷子本来就窄，胖嫂又扼守要道，这样一来，巷子经常会被买早点的人堵死。

呵，想出门？还是绕道走吧。

为了这事，不少人跟胖嫂闹过矛盾。可胖嫂是什么人？一把嗓门儿吼八方，威震四邻的一条好汉，一串儿利利索索的正宗国骂能把你祖宗十八代都问候个遍，胖嫂都不带喘气。

一来二去，前去理论的人都碰了一鼻子灰，惹不起就是惹不起。

所以当城管的小伙子找上胖嫂的时候，一干看热闹的围观群众多少还是抱着点看笑话的阴暗心思："瞧，这回碰上硬碴儿了吧。"

不过大家伙儿着实小看了胖嫂的功力。城管小伙儿刚一露面，还没等开口，胖嫂就呼啦一下扑到一堆生馄饨、熟包子上，活像小时候玩老鹰捉小鸡里的老母鸡护崽子。胖哥闻讯赶来，挤开人群冲进包围圈，二话不说端着一锅热汤作势要泼，一副谁敢动我摊子我就跟谁拼命的劲头。可城管也不是吃素的，几个小伙一拥而上，就要把胖哥胖嫂和摊子一股脑儿掀了走。

这下可捅了马蜂窝。胖嫂身子一矮，猛地把手一甩，就地滚到执法车前面躺着不起来。一只手拍着大腿唱念做打，从自己命苦一路骂到城管打人，行云流水一波三折还自带伏笔。骂到尽兴处胖嫂一头往执法车上撞去，拦都拦不住，真真是好一出大戏。

只可惜这出戏我并没有目睹，不过胖嫂的英姿却足足给筒子楼里的老老少少增添了半年的茶余饭后的谈资。

最后城管也认了怂，只是没收了一案子鲜馄饨和一只煤气灶算完，此后再也不往这地儿拐。可胖嫂也不善罢甘休，那之后的几天，胖嫂甚至干脆歇了摊子天天跑执法处哭闹，害得我们连着几个星期都没吃上热腾腾的猪肉大葱馅的包子。

胖嫂就此一战成名，遂成此间一霸。那馄饨摊子自然是安安稳稳地支着。

说起胖嫂的小馄饨，那也算本区一绝。

真是"小"馄饨，半点儿多的肉都没有。我见过胖嫂包馄饨，一根筷子，筷子头上沾一点点肉泥，往皮子上一抹，一折，再一掐，一个小馄饨就包好了。那动作真利索，可馅儿也是真少。一碗清汤里，刚咂么出点儿肉味来，就只剩了皮。不过碍于胖嫂积威，并没多少人敢上前抱怨。更何况方圆十里独此一家馄饨摊子，想抱怨也没处说。

只唯独一个好处，胖嫂虽然垄断，但一碗馄饨多少年了都没涨过价。这年头两块五毛钱一碗的小馄饨简直就是业界良心。再说了，君不见，胖哥也在摊子上吃早饭，吃的都是一样大小味道的馄饨，这么多年来还不是连屁都不敢放一个。这样想想，心理也就平衡了。

胖哥在家里一贯没多少地位，但这怨不得胖嫂。自从胖哥下了岗就再没找个正经工作，一应吃穿用度都掌握在胖嫂手里。平日里胖哥也没别的爱好，不抽烟不喝酒，就好打个两毛钱一轮的麻将。

为这两口子没少打，有时候胖哥回去晚了，胖嫂就蹲在巷子口守株待兔。一见到胖哥晃晃悠悠从外面回来，二话不说跳出来就开骂。一只手提溜着胖哥耳朵，一溜子国骂稀里哗啦，把胖哥数落个狗血淋头。绝大多数的时候，胖哥是任打任骂，不过也有特例。要是胖哥真被骂急了眼，红着眼对吵，一场单方面的数落瞬间升级成世界大战。

老房子墙皮薄，没什么隔音，两口子吵架，整栋楼的人都听得清清亮亮。

胖嫂嫌胖哥没出息，下了岗也不知道出去找个活儿，就知道在家里待着打麻将，浪费粮食。胖哥骂胖嫂败家娘们儿，连买条裙子都要一百多，洗一水就成了抹布。胖嫂骂胖哥傻×，出去打麻将就知道输钱，胖哥就骂胖嫂不要脸，一把年纪还去小区门口跳交谊舞，跟老头勾勾搭搭。骂急了，胖嫂号哭一声往胖哥肚子上撞去，接着是暴风雨般的污言秽语，各种生殖器官满天飞，听得连大小伙子都能目瞪口呆、臊红了脸。

这样的戏码，三天两头都能上演一次。邻居们摇头，都吵成这样，夫妻做来还有什么意思，趁早离了算了。

要离婚？也不是不行，胖嫂说了，这家里里里外外都是她撑着，要离婚，那房子怎么也得有她一半！

那房子虽小，可好歹也值个两百万，胖哥听了自然不乐意。胖哥狠狠往地上呸出一口浓痰："敢情那作死老娘们儿就想着分我房子呢！这是老子的房子，房本上写着老子的名，凭什么白给她？给她说，要离婚行，自个收拾东西滚蛋，这房子，就算老子死了也没她的份儿！"

不过这话，当真是不能乱说的。没过多久，死也不分房子的胖哥真就查出了糖尿病，晚期。

要说这病，现在也不算绝症，可就一点，这病费钱，没个百八十万的甭想着好。好在胖哥家虽然没钱，但手里好歹还有套房。就北京如今这市价，卖了房子别说治病，连后面的药费都能挣出来。

家里人、亲戚朋友都劝着胖哥赶紧卖了房子，救命要紧。可谁想胖哥竟死活不愿意。在住院前，胖哥做了一个让所有人大跌眼镜的决定：把房子过户到胖嫂一个人名下，连他家儿子都没有份儿。

胖哥说了，他一辈子没什么出息，这病眼瞧着是看不好了，好歹得给老婆留点家底。要不然自个儿先去了，老婆身边没个依仗，以后的日子可怎么办。

胖嫂呢？胖嫂不改本色，听完这话抹了眼泪就利利索索办了过户，转手就卖了两百万。回到医院缴完费，胖嫂把银行卡往胖哥身上一甩，接着就呸了胖哥一脸："你他妈放哪门子屁！什么以后不以后的，老娘他妈的男人都要没了，还要个房子干个球！有病你丫趁早治，甭啰唆！"

我们去医院看胖哥的时候，正赶上胖嫂去送饭。

胖哥已经瘦得没了型，原先的一脸横肉只剩了骨头架子，再当不得胖哥的称呼。胖嫂倒是老样子，臊眉搭目的没个好脸色。

两口子还是吵，哪怕在医院里，胖嫂的嗓门儿也嗷嗷的："丫个死没良心还想离婚？也不撒泡尿看看自己德行！怕连累我？老娘的事情用得着你操心？想要我走？下辈子吧你！"

数落着数落着，胖嫂端起手边的碗，碗里面小馄饨一个个包得结结实实，肉多的能撑出个笑脸来。

像胖哥的脸，咧开了花。

小馄饨做法：

1.将瘦肉、肥肉大约按 3：1 的比例剁馅，小香葱切碎，加入适量姜末、一勺香油、两勺生抽、适量食盐、少许清水，顺着一个方向搅打上劲；

2.面粉加适量清水揉成面团，醒 10 分钟后再揉至三光；

3.将揉好的面团擀成面皮，切成长方形的馄饨皮；

4.包馄饨的方法各异，简而言之，一滚，一折，再一捏，使馄饨成形；

5.将馄饨放入烧开的水中，煮熟；

6.碗中放入适量虾皮、紫菜、蛋皮，馄饨滚汤浇入，加入适量的食盐、胡椒粉调味即可。

唯骨头汤与爱，不可辜负

爷爷奶奶之间究竟有没有爱情？关于这个问题，小齐一直颇感怀疑。

在小齐看来，爷爷奶奶之间的感情实在乏善可陈，两人平平淡淡地过了一辈子，不是不和睦，但吵吵闹闹也免不了。可说到底，好像就是少了恋爱里的一点儿甜。

与其说是爱情，小齐觉得不如说是习惯，习惯了彼此，也习惯了几十年如一日的日子。

像那个年代绝大多数的夫妻一样，小齐的爷爷奶奶直到新婚夜的洞房里才见了第一面。

那时候家里穷，爷爷家是村里的佃户，靠着一亩三分地挣一家人的口粮。要是遇上年景不好，一家人吃饭都成问题，更别提给儿子娶媳妇。

奶奶家住邻村，虽说不那么窘迫，但上头也有哥哥拿不出彩礼娶不到媳妇。于是两家一合计，那就换亲吧，爷爷的妹妹嫁到奶奶家，奶奶就换来成了爷爷的新娘。

就这样，当时还不满 16 岁的奶奶嫁给了大她 7 岁的爷爷，甚至在成亲前都没有见过这个将要成为她丈夫的男人一面。这样的婚姻当然说不上感情。对于平头百姓来说，那些花前月下、你侬我侬的事情离他们都太遥远。说到底，这也不过是两个门当户对的庄户人家，在媒妁之言的撮合下搭伙过日子罢了。

这几十年来，小齐从来没听过爷爷奶奶说过什么情呀爱啊的，用奶奶的话说，那就是凑合着过呗。

他们之间也几乎不见亲密。在小齐的记忆里，她从小就没见过爷爷奶奶有多么亲昵的举动和称呼。

最初可能还会称呼一下"孩儿他爸""孩儿他妈"，可日子久了，连这最土、最俗的称呼都不再用。爷爷说声"喂"，奶奶应句"哦"，家里就剩下老两口，一个"呃"字就能全替代了。

在一起的时间太久了，村里的日子又没什么新奇，久而久之，爷爷奶奶之间也再没有什么沟通交流。再加上儿孙都不在身边，连讨论孩子都不能，爷爷奶奶间的日常交流也就只剩下了最基本的几句话。除了偶尔的争执，这个家里就只剩了一片沉默。

小时候小齐爱读亦舒，最向往的是那种 soulmate，"我于茫茫人海中，寻访我之唯一灵魂之伴侣……"，相比那些小说里能让全世界的烟花一同绽放的爱情，爷爷奶奶的日子未免太过寡淡乏味，简直让人怀疑这几十年的日子过下来，是不是早把当年年少夫妻那点子情爱都磨平了。

有时候连小齐都会忍不住感慨，要是和嘉琳的外公外婆比起来，自己的爷爷奶奶简直就是一对愚夫愚妇。

可愚夫愚妇的日子也是要照常过的。

奶奶是闲不着的人，虽说孩子们都已经长大，用不着她再起早贪黑去地里刨饭吃，但她还是在家门口拾掇了一块儿地，种了韭菜、茄子之类的蔬菜，说是留着自家吃，放心。

不过奶奶是惯例起不来床的，一脚就把爷爷踹起来，让他去收拾。

爷爷也是好脾气，被踹起来也不吭声，摸着黑起来，扫完了鸡舍浇完了地，顺便掏两个新鲜的鸡蛋回来蒸鸡蛋糕。

爷爷上了年纪之后越来越讲究养生，虽说字识不多，可电视里的养生节目爷爷倒是一集不落。

每天两个鸡蛋也是爷爷定下来的规矩，雷打不动。糕蒸好了，再搁上水灵灵的小葱，正好赶上太阳明晃晃地升起来，爷爷就朝着堂屋里喊一声"吃饭了"，中气十足。

奶奶虽说早上惯常起不来，可总体来说还是个颇为勤劳的人，家务是一手抓，半点儿不用爷爷操心。但就有一点，奶奶脾气暴，恨不能一点就着。

要说这点和一般人家还真不太一样。奶奶年轻的时候就是个风风火火的姑娘，更年期留下的坏脾气更是三十年如一日，未曾改过。

反倒是爷爷，在逆来顺受中磨平了脾气。

做完了早饭的爷爷会一个人提着鸟笼子找他的"狐朋狗友"遛弯儿。狐朋狗友是奶奶说的，奶奶嫌弃爷爷平日里没个正经爱好，别的老人爱拉个二胡写个大字，可爷爷就只爱遛个鸟吹个牛，家里门廊底下养了一溜儿的画眉、鹦鹉、百灵、珍珠。爷爷除了喂食逗鸟别的都不管，连鸟笼子都得是奶奶打扫。

一来二去奶奶也烦了，见爷爷出门就得骂两句："又去！又去！成天没别的正事就知道遛鸟！伺候你没完还得伺候鸟！"

爷爷被骂了也不生气，摸摸鼻子溜出去照样遛他的鸟。

可爷爷也是，出去遛鸟遛弯儿竟然也能遛出事儿来。

大概是年纪大了身子骨不比往昔，有一次爷爷出门崴了脚。看着爷爷可怜兮兮一瘸一拐地回家，奶奶免不了又是一通臭骂："这么大的人了还不当心，净叫人操心。"

但骂归骂，奶奶还是心疼。翻箱倒柜好一通，奶奶找出了药酒给爷爷揉脚。

可爷爷岂是乖乖听话的性子？前两天还好，在奶奶的监督下，爷爷倒卡着点吃药、揉药酒。可这实在算不上什么大事，爷爷也就不免掉以轻心。于是药酒也是揉得有一搭没一搭，伤还没好利索就忍不住继续出去转悠。直到后来爷爷痛不可忍的时候，去医院一检查才知道这处老伤竟已发展成了骨结核。

骨结核，说白了就是骨癌，其实到底也不是什么大事，但见爷爷身子骨硬朗，医生还是建议爷爷尽快动手术。

一听"手术"两个字，奶奶着实被吓得不轻。

虽然医生反复解释，这是骨癌早期没什么大碍，但对于大字都不识几个的奶奶来说，一听到"癌"这个字，魂儿就吓掉了一半儿去。

那时候儿女不在身边，奶奶早就丢了主心骨。一听到这个结论，奶奶一下子就扑到爷爷身上，一阵捶打。

"你个作死的老头子！让你揉药酒你不揉！你怎么不气死我算完！"

　　奶奶嘴上骂得凶狠，可真等签了手术知情书，眼看着爷爷被推进了手术室，一向强硬的奶奶就撑不住了，拽着医生的手在边上直抹泪。任凭旁边的医生、护士怎么劝慰都不听。奶奶认准了自家老头子要进去开刀，开刀就可能下不来。

　　这下好了，里面的手术还没开始动，这边奶奶在一旁哭得简直就要昏厥过去。边儿上的人没办法，也怕奶奶哭出个好歹来，只好出了个主意："都说骨头汤对骨头好，动了手术就得多喝汤，要不你现在赶紧回去买点儿筒子骨，熬点儿骨头汤给你老伴儿喝吧！"

　　骨头汤！这看起来没什么大不了，可对奶奶来说却是个天大的问题。

　　奶奶有个怪癖，从小半点猪肉都不肯沾，并非信仰缘故，只是受不了猪肉的腥味。哪怕是放了肉片的青菜，只要沾上了些许猪肉的味道，奶奶就忍不住搁筷掩鼻。要是她掌勺，恨不能满桌子都不带半点荤腥子，全是素菜。

　　这可难为了爷爷。爷爷是无肉不欢的人，就算以前日子清贫，爷爷也总喜欢割点猪耳朵之类的肉食下酒。以前日子穷吃不起也就罢了，可眼下条件好了明明吃得起肉还不能吃，这就实在有点折磨了。

　　不过在奶奶的强力镇压下，爷爷不敢有怨言，只有天天跟着吃青菜叶子。但小齐知道，其实爷爷还是馋。

　　偶尔爷爷馋得不得了，就背着奶奶带上年幼的小齐出去"吃好好"。其实也就是在街头巷尾找个苍蝇馆子，点二两糖醋小排、红烧肉过过瘾。吃罢还不忘抹抹嘴边的油，悄悄拿花生糖贿赂小齐："可别让你家奶奶知道喽。"

可在爷爷被推进手术室，在奶奶看来生死未卜的那个当口，这骨头汤简直就是一根救命的稻草。

奶奶松开了拉着医生的手，也顾不得自己闻不了猪肉味道，当下就去菜市场买了大兜的猪棒骨。

要说这骨头汤，还是要猪身上连肉带筋的筒子骨慢火熬出来才最正宗。大白萝卜去皮切大块，冷水里放上筒子骨、萝卜块、老姜、葱段，大火煮开后再用小火焖上个把小时。

这话听着简单，可对于一辈子不吃猪肉的奶奶来说，熬煮的那段时间简直不啻酷刑。

小齐常常看到奶奶满脸铁青地跑到厕所去干呕，可一转脸，又能看见奶奶坐在炉边盯着那锅汤。奶奶生怕汤沸了。

后来儿女们回来了，也不是没想过接过熬汤的活计，可奶奶总不放心，说爷爷吃了一辈子她的手艺，咸淡滋味只有她最清楚。

不但如此，汤熬好了还不算，还要拿青菜叶子、碎鸡蓉把油滤出来，人家医生也说了，这大病初愈可不能沾油腥。

奶奶眼睛向来是不好的，可经她手滤过的骨头汤，真真是一个油星子都没有。干干净净的汤水里，每一口都只是鲜甜，不见油腻。

一碗看似普通的骨头汤，从清理熬煮开始，一直到炖好盛锅，一共要花至少 5 个小时。一向爱睡懒觉的奶奶在那段时间突然改了性子，天不亮就去早市给爷爷买当天最新鲜的筒子骨，买回家连熬带炖，正好中午送到病房。

病房里，老两口的相处方式还是那样，奶奶絮絮叨叨地数落爷爷，爷爷老老实实地听。

末了，奶奶拿出保温桶："喝汤了。"

"哦。"

小齐说，一碗热腾腾的骨头汤，这就是她爷爷奶奶的爱情。但爱情大概也会是这样吧，不是轰轰烈烈的生死相随，而是关于寻常日子里施与受的哲学。就在这平平常常的耳鬓厮磨里，一对恩爱夫妻，就能彼此扶持着，把风雨走过，把风景看透。

骨头汤做法：

1. 白萝卜去皮切大块，筒子骨洗净飞水备用；

2. 将骨头放入砂锅，放入适量老姜、葱段，大火烧开后转小火慢煲；

3. 熬煮一个半小时后，放入萝卜块，加适量盐、胡椒粉，煮半小时盛出；

4. 将青菜叶子、鸡胸肉剁成蓉，用纱布装好，放入汤中，上下数次直至汤汁清澈。

聚散离合的烟火人间，总有你记得清的那个人

3

没有不会好的伤

我们终究会慢慢与少不更事的自己和解 _

原谅那个不完美甚至是糟糕的自己 _

这一切发生得悄无声息而又理所当然 _

就好像 _

身边的母亲终归会无可避免地老去 _

我爱的人都像你

嘉琳曾无数次地说过，在外公外婆身上，她曾见过最美的爱情。

外公与外婆的爱情，在他们的那个年代简直是惊世骇俗。

年轻时候的外公出身于一个落魄的大家族，虽说在当地也算是大姓，可经过几十年的动荡，尽管外表光鲜，内里其实早就已经风雨飘摇。何况外公出身并非嫡系，只依附着宗族勉强度日，靠着宗学和族人的接济才勉强读完了中学。没钱上大学，外公只好考了免费的师专，毕业后在县里的学校做起了教书先生。

而外婆呢，她是出身优渥的大小姐。据说最兴旺时，仅是家中居住的庭院就足足占了县城大半条街。那时候的外婆是最时髦的那种女子，身上穿的衣服都是托人比着上海滩最时兴的样子裁的。读女校，弹钢琴，外婆是真正的大家闺秀。

而这样八竿子打不着的一对，竟然阴错阳差地相爱了。

据外婆说，那一日她去学校原本是去找远房表哥，托他帮忙带些时兴的胭脂水粉回来。可没想到，表哥没找到，却撞见了正在廊边读书的外公。这一见，便就此"误"了终身。

很久之后，头发花白的外婆最喜欢对着尚且懵懂的嘉琳絮叨她和外公的爱情故事。

午后的时光总是和煦悠长，外婆就倚在炕上，一边上下纷飞纳着鞋底，一边絮絮地讲述着初遇外公的每一个细节，讲外公那时候的模样穿着，讲那天初遇的惊鸿一瞥，一如时光始终停滞在那个天光，从来不曾改变。

每每那时，外婆因衰老而遍布皱纹的双眼也会在这一刻波光潋滟，仿佛彼时初见的少女。

不过嘉琳印象里的外婆，早已经不是当年大家闺秀、十指不沾泥的模样。

几十年的艰辛日子下来，外婆已经同嘉琳身边的每一个老人殊无二致，整日里念叨的不过是一日三餐、柴米油盐。唯一能让嘉琳还能看到昔日外婆富贵生活的影子的，大概也就只剩了外婆的桂花糕。

桂花糕是外婆的拿手好菜，不同于北地妇人拿手的白菜粉条、猪肉萝卜，这种带着些江南水乡精致的糕点向来是嘉琳的最爱。

桂花糕是外婆打小学来的好手艺。外婆爱吃甜，在外婆还是个小姑娘的时候，家中便有厨子专门做得一手好点心，供外婆姐妹们消磨。南方人惯会做些精致小点的，团子、油糕、籼糯卷、桂花糕，都是些寻常点心，要不了几枚大钱，但足够小姑娘们欢喜好一段时间。因此外婆从小便同家中厨子学了一手好手艺，家中姐妹做的桂花糕谁也比不上她的。

从初秋开始，外婆便盼望着家中的金桂快快开花。

鲜桂花馥郁芬芳，洗净晾干后就是桂花糕的原始调料。选上好的糯米、粳米混合，洗净后浸泡一晚，用小石磨磨成浆，再拌入鲜桂花与桂花糖，上屉蒸上半刻钟，桂花糕的甜香就被逼将出来。香气弥漫了整个宅子，也弥漫了外婆的整个葱茏青春。

不过自从外婆嫁了外公，外婆这样简单的兴趣也成了奢侈。

外公家贫，微薄的薪金光是打点日常开销就已经捉襟见肘，一两桂花、半斤糖，那也是求之不得的享受。于是结婚后，原本的富家闺秀褪去遍身罗绮，换上布衣荆钗，学着面对琐碎的生活。

纤手握着的花绷绣针变成膝上的破衣补丁，精致的汤水点心变成厨下的一日三餐。

洗衣做饭，精打细算。都说贫贱夫妻百事哀，可许多年来，外婆并没有多少抱怨。

在之后的很多年里，外婆如同每一个朴素的家庭妇女，辛辛苦苦操持家务，洗手羹汤。春葱般的指尖被老茧一层层覆盖，细腻的皮肤被岁月刻上痕迹。

最是人间留不住，美人辞镜花辞树。在岁月的艰辛磨砺里，外婆终究是褪下了公主的光环。

不过，桂花糕是不会少的。

日子虽不宽裕，可但凡有了闲钱，外公便总记得给外婆捎回二斤鲜桂花、八两绵白糖，哪怕是在最艰难的日子里也没有停下。

外公年轻时给族中木匠做过帮工，学了一手尚算精巧的木工手艺，隔三岔五，外公便会寻旁人家打家具的边角料，专门给外婆雕刻糖糕模子。外公心思细腻，手也巧，雕刻成的糖糕模子精致又好看，蟠桃的，蝙蝠的，五子送福，花开富贵，梅兰菊竹……时日久了竟然也攒了好大一匣子。

外公有时候会感慨，常说外婆跟了自己后就再没过过宽裕日子。旁人家的丈夫疼老婆，都要送戒指、手镯、坠子，可结婚这么久，除了订婚时候的一枚素银戒指，外公几乎什么都没送过。

但外婆不以为意："谁要你的首饰，那里一堆糖糕模子还不都是你送的。别的我可不稀罕，我呀，就稀罕你打的模子！"外婆说起来的时候，一脸笑眯眯的样子，笑得满足。

于是在嘉琳的记忆里，外婆的桂花糕一直是家中餐桌上的常客。每次外公刻了新模子送她，外婆就像小女孩收到礼物一样开心，迫不及待地就要蒸上一大锅桂花糕试样子。

要是有人夸这桂花糕做得漂亮，外婆就笑眯眯的，一脸灿烂，回头捡最大、最好看的一块桂花糕给外公送去，连外婆最疼宠的嘉琳也只能分到第二块，只能在一旁哑吧着嘴吃外公的醋。

每每外婆的桂花糕上桌，嘉琳与外公，一个真小孩一个老小孩，势必要你争我抢一番，以彰显在外婆心目中的地位。要是恰巧只剩一块，那是必然要让外婆评理的。虽说最后多半进了嘉琳肚里，但在那之前外公必定会作势争抢一番，然后才不甘不愿地让给嘉琳，顺便向外婆撒撒娇，没半点一家之主的威严。

外婆忍着笑，哄孩子一般劝慰外公："哎哟哎哟，好了好了，下次再做，下次再做。"外公做负气状，可眼里的笑，却是掩也掩不住。那个时候的嘉琳懵懵懂懂，可长大后再想起那时的情景，外公外婆眼里闪动着的，大概就是他们的爱吧，桂花糕味道的爱情。

但嘉琳万万没有想到，那个总是会给她做桂花糕的外婆竟然会倒下得那么快。

外婆胃疼是几十年的老毛病了，据说是年轻时就落下的病根。外婆素日里并不在乎，十几年的东奔西跑哪能没些小病小痛呢，最多吃点止疼药就好了。可谁也没有想过，这样的疼痛竟然是胃癌的前兆。

查出来的时候外婆的胃癌已经是晚期，外婆一向很健康的身体几乎是突然间就垮了下来。没过几个月，外婆就从一个富态的老太太，瘦成了一把骨头。外婆彼时已算年迈，医生并不建议做手术，只能婉转地告诉家属做好准备。

全家人都被这个消息惊呆了，外公更是难以置信。他执拗地不肯相信医生的诊断。外公始终觉得，外婆只是累了要歇歇，并不是多大的毛病。

外婆因病而胃胀胃痛不能饮食，外公便端来了桂花糕劝着她多少吃两口。桂花糕是外公花了大半天时间学做的，做得歪歪扭扭难看极了。

外公斜坐在床前握着外婆的手絮叨："你看我做的桂花糕，你不是最爱吃了吗，你要不要尝尝？就是我做得太丑了，你说你会不会嫌弃我啊？"

其实那时候外婆的病已经恶化得很厉害了，勉强吃下去几口，不久后也会再吐出来。可外婆总是不忍拂了外公的意，勉强咽下几口。

外婆轻轻地笑道："真难吃！"

可外公并不在意，只是拉着她的手不住地讲话："我做的总是不如你嘛。对了，我给你新打了糖糕模子，燕子花样的，就是你上次看好的那个。你什么时候起来看看？我想吃燕子样子的桂花糕。"

小姑心最软，撑不住跑到门口小声啜泣，但外公依然无知无觉。外公拉着外婆的手，轻声慢语絮絮叨叨，好像又回到了年轻时候的那个午后，对面坐着那个桃子一样水灵灵的外婆。

也许是燕子模子和桂花糕的力量，外婆在某个清晨突然来了精神，竟然硬撑着坐起身吃了两块外公做的桂花糕，又拿着外公新打的燕子模子把玩了好久，突然叹了口气："这燕子样子的桂花糕我怕是做不了了。"

所有人脸上都难忍悲戚，大家心里都明白，这异常的健康不过是大限将至，回光返照。只有外公平静极了，他说："没关系，你歇着，我做。"

外婆一下笑出来，斜着眼睛瞧外公，活像个娇俏的小姑娘："你呀，还是算了吧，你看你做的桂花糕，是放了多少糖，齁死人了！"

外公好脾气地笑："所以你要赶紧好起来，我手这么笨，哪儿做得了这桂花糕啊。"

"是啊，你总是这么笨。"

半晌，外婆叹了口气："等我走了，你就再找个人吧，你这么笨，又没了我，这日子可怎么过哟。"

那是外婆留给外公的最后一句话。当天凌晨，外婆咽下了最后一口气，甚至都没能再醒来看看这个她爱了大半辈子的男人。

外婆的过世给了外公近乎毁灭性的打击，在外婆走后近十年间，外公未曾再娶，整日里郁郁寡欢，念叨着外婆，埋怨着外婆。想外婆的时候，外公就嚷嚷着要吃桂花糕。

桂花糕并不难找，可不论儿女们买来怎样的桂花糕，外公都会嫌弃味道做得不如外婆来的地道。

其实大饭店做出来的桂花糕，如何会不如一个乡野村妇的手艺呢？只是这几十年的相濡以沫，外婆的手艺已经在外公的味蕾上深深烙下了印记。

几分米，几分糖，几分桂花，外婆的手艺是再出名的大师也无法复制的味觉记忆。于是之后再怎么吃，吃什么，也都比不过当年那间简陋的厨房里外婆第一次端给外公的那碟糕。

当家人手艺都试了个遍之后，外公渐渐不再提起外婆的桂花糕。家里人想着时间也许是治愈的良药，外公慢慢会走出外婆早逝的阴影。

嘉琳觉得，也许外公余生都很难走出去，外婆就像是桂花糕，虽然是很普通易得的食物，但个中滋味却是谁都无法模仿的。

可谁也没想到，在独居了将近十年后，有一天外公竟突然说要续娶，而对象是他曾经的学生——一个只比小姑姑大十岁的女人。

听到这个消息，全家愕然。尽管外婆生前曾说过要外公续弦，可任是谁都无法接受这样的事情。

不解、愕然、争吵，一家人想尽了办法劝外公放弃这荒谬的念头。可一向温文尔雅的老头子这次铁了心，不管家人如何反对，非得要娶这个女人入门。

这件事情一度闹到学校，学校领导跑来劝说外公，何必为了一个女人要将一世清名毁掉。可外公不管，没过几个月便与那女人领了结婚证，光明正大地住在一起。

听到这个消息的时候，嘉琳正在国外念书。在电话里，她同外公大吵了一架，嘉琳无法原谅外公，在嘉琳眼里这几乎算是一种背叛。在嘉琳看来，外婆这一生都比外公爱得更多，可到头来，还是避免不了被人抛到脑后。

嘉琳摔了电话，恨恨地对我讲，果真男人多薄情，爱他再深又如何，终究比不过青春美色。老来健忘，喜新厌旧，原来外公的惦念也不过如此。

那时候，我以为大概这就会是故事的结尾。这么多的海誓山盟、至死不渝，说到底，也不过是个俗套的、旧爱新欢的故事罢了。

可故事总是柳暗花明。再后来我毕业回国，没多久我又接到了嘉琳打来的电话。再提起外公，当年反对得那样激烈的嘉琳对我说，回家后她才终于明白了，外公为什么执意要娶那个女人。

"你知道吗，"嘉琳说，"那个女人很会做桂花糕，做出来的味道和我外婆当年做的，一模一样。"

原来，青梅枯萎，竹马老去，但从此我爱上的人，都像你。

桂花糕做法：

1. 将 500 克糯米粉与 300 克大米粉均匀混合；

2. 150 克白糖用 150 毫升温水搅拌，溶化后，分次加入到米粉中；

3. 将适量芝麻、桂花干筛入粉中，用双手来回搓拌米粉，使之成团；

4. 面团盖上保鲜膜醒 10 分钟；

5. 在模具中刷上一层油，用模子将米团印出花样；

6. 将模子放入锅中，大火蒸 15 到 20 分钟，待凉后脱模；

7. 撒上适量的桂花或青红丝装饰即可。

只有她才最爱我

　　我这辈子听说过的最复杂的一道汤，就出自木木的母亲之手。这道汤菜式之复杂，光是听菜谱就能把我听到头晕脑涨，更别说亲自下厨一试。而她发明了这样一道汤，竟然不过是为了帮木木减肥。

　　说起木木的减肥史，简直堪称惨烈。

　　木木是邻居家的小妹妹，只比我小两岁，是个算得上可爱的姑娘，虽然她还有着男孩子一样的短发，和 130 斤的体重。没错，木木是个胖子，而且还是挺胖的那种。

　　不过在此之前，木木似乎并没有在意过自己的体重。虽然偶尔木木也会抓狂地抱怨："哎呀，我怎么这么胖。"但我们都知道，木木的抱怨没有任何意义，等到下课吃午饭的时候，食堂里碗口大的猪肉大葱包子她照样能一顿塞下仁。

　　那时候，我们都以为这辈子是没有什么能撼动木木的体重了。减肥？开玩笑。木木在快要中考的这段生不如狗的日子里都没能瘦下来，甚至在中考过后，体重不降反增，一路高歌猛进到 150 斤的大关，坚挺得简直让人绝望。所以我实在想象不到那得受到什么样的刺激，才能让这样一个心宽体胖的木木想不开去减肥？

可事无绝对，就是这样的木木，居然在高中时期的第二个寒假里开始了减肥。

这事说来话长，不过女人要减肥，十有八九是为了男人，木木也未能免俗。

木木的初恋是在高中，在我们都还对男女之情懵懵懂懂的时候，木木就率先找到了自己的男神。尽管严格地说，这其实是一场单方面的暗恋。可少女情怀总是诗，即便木木有着 130 斤的体重和女汉子的外表，但这一切并不能阻挡她一颗萌动的春心。

男神是学校里的风云人物，学生会的部长，篮球队的主力，清癯高瘦，最会三步上篮这样花哨的技巧。更妙的是又写得一手好文章，还是文学社里的骨干。

年轻的姑娘们似乎总是会被这样看起来金光闪闪的少年迷晕了眼，木木也不会是例外。曾经在很长的一段时间里，木木打给我的电话简直就是一部粉丝的深夜热线。她不厌其烦地向我描述那个男生的模样，用无比精确的词汇描述他进球时的风姿，背诵他写过的每一首诗。直到凌晨两点我忍不住扣了电话泼她冷水："你还是赶紧歇了吧，那种男人身边的小姑娘肯定乌泱乌泱的，比盘丝洞里的妖精还多，我说你一矮树墩就甭凑这热闹了。"

木木佯作生气，可过不了两天还是照样给我打电话，兜头就是一句"你不知道，我家 XX 又拿了年级前十名……"简直让人没脾气。

不过这一切说白了不过是一个情窦初开的少女的白日梦，木木并没有什么非分之想，这也原本应该如同所有的普通少女，那个黑发白衬衫的少年合该是青春落幕前最绮丽的回忆，仅此而已。

但我们都没想到，木木的这一场暗恋，居然会这般伤筋动骨。

也不知道怎么回事，新学期开学后没多久，木木暗恋男生的事情被传了出去，没几天便传遍了校园内外。整个年级几乎炸开了锅，只有木木依旧懵懂不觉。直到有一天，那个被木木视作男神的男生跑到木木班门口，点名要找木木，木木才知道，自己暗恋的这点心意竟然早就被人知晓。

木木惶恐，可令木木没有想到的是，男生找木木并不是为了打击，他竟然温柔地对木木说："你喜欢我？那我们就在一起吧。"

这是怎样的狗屎运！

"你知道走在路上突然被一百万现金砸中是什么感觉吗？"木木说，"那一刻，我就是这么觉着的。"

幸福来得太突然，即使在最美的梦境里，木木也从来没有想过有一天能得到男神的青眼，光明正大地沐浴在一众女生羡慕嫉妒恨的眼光里。

虽说高中生的恋爱阻力重重，上有老师下有家长，木木和男神能做的最多不过是拉拉小手，或者一起去校门口胡同里的小摊子上肩并肩地吃个麻辣烫，但这样对木木来说已经足够。木木甚至为了男神留起了长发，学会了化妆，这对于一个一直以"汉子"面目示人的木木来说简直就是翻天覆地的改变。

木木甚至一度想过要减肥，可男神依然温柔："没关系的，我就喜欢你现在的样子啊。"木木最后的理智便宣告阵亡，满眼里只剩下了傻笑，觉得幸福到不似真实，连给我打电话都充满了虚幻的漂浮感，恩爱秀到让人眼瞎。

　　木木一直以为自己是童话里那个运气爆棚的灰姑娘，直到某天木木兴冲冲去找男友，却听到男神与同学的对话。

　　"谁会真的喜欢那个肥婆啊，我就是想告诉她，我就是和头猪在一起，也不会吃回头草！"赤裸裸的鄙夷，毫不掩饰的恶意，木木呆愣在当场。

　　后来木木才知道，这个"她"是男神的前女友，不知道因为什么原因曾经甩了男神，更不知道因为什么原因又回来请求复合。男神为了报复，甚至是为了羞辱，才在听说木木喜欢他之后选择与木木在一起。

　　这有没有羞辱到前女友木木不知道，但这对于木木而言，确实是彻头彻尾的耻辱。木木一路走来并未遇到什么坎坷，纵然有人也曾因她体胖而取笑，但却无一时如此刻。男友的话仿佛是当头棒喝，令木木恍然如梦醒。胖，竟是原罪。

　　"我真是傻，"木木满心苦涩，"他说他爱我胖，我怎么就真的信了呢？一头猪，是不会有人喜欢的啊。"

　　木木干脆利索地在众人的猜测与疑惑里与男神老死不相往来，然后开始她堪称决绝的减肥。

　　开始是减肥药，不管是苯丙胺或者左旋肉碱，木木微薄的零用钱几乎全部贡献给了各种稀奇古怪的药丸胶囊、减肥茶、代餐粉。可没过多久，减肥药的诸多弊端便开始显现。木木瘦了几斤，代价是面色焦黄，心跳加快，气喘体虚。更可怕的是，停药不过几日，原先减下去的肉便开始噌噌反弹，直线上升的体重让木木措手不及。

　　木木劝自己，算了吧，谁年轻的时候没遇见过个把傻 × 呢？为了这个不值得。可就在此时，同学间也开始流传出木木与前男友分手的原因。木木并非耳聋，自然听得出众人背后窃窃私语里的嘲讽恶意。那是她原本所不在意的，可如今，"肥婆""胖子""癞蛤蟆想吃天鹅肉"……一个个满含恶意的词汇如同无网不入的针，一根根地扎进木木的脑子里。木木在夜深人静的时候望着洗手间镜子里自己臃肿的脸，可憎的橘皮组织在手指的挤压下一层一层地涌动。

　　木木闭上眼睛，横了心。

　　减肥是一场没有硝烟的战斗，甚至远比战斗更残忍。木木选择了一种据说是最有效但也最惨烈的方法。

　　你听说过 21 天减肥法吗？ 21 天里，简直就是一场令人发指的折磨。头三天粒米不进，只能喝有限量的蜂蜜水以维持生命；断食之后的一周半内可以吃少量的蔬果，这个少量约合半个苹果或者三片生菜；最后一周才能够加入几片粗麦面包，或者半个水煮蛋白作为补充。这样一个 21 天的周期，据说能够活生生把人饿瘦十几斤。

　　对于木木来说，前景固然美妙，可绝食的头三天简直生不如死。说真的，木木虽不算吃货，但奈何有一个二级厨师的妈，在吃上更是从未受过什么委屈，而现在这副好胃口却成了折磨她的帮凶。徒望美食而不可得的日子，太考验意志。

　　在减肥开始的头几天里，木木粒米不进，只靠着兑了一点点蜂蜜的清水维持基本的需求。可饥饿是魔鬼，总在罪恶的深渊里悄悄打量着你。

　　"你知道饿到极处是个什么滋味吗？"木木说，"胃里仿佛烧起一把火，能烧干你心底所有对美好的向往。你焦躁不安，可你只能躺在床上，听着你身体里的每一个细胞都在冲你呐喊，'饿啊，饿啊'。"

比身体的饥饿更甚的是精神的折磨，木木不敢回家，更不知该如何在众人的惊诧目光中同亲朋好友解释自己减肥的理由。好在木木高中不在本埠，方便了木木编理由骗家里人，木木只告诉家里课程紧，学校要补课，回不去，其他不再多说。

假期里的宿舍空空荡荡，只剩下木木一个人与身体里的脂肪做殊死搏斗。粒米不进，胃仿佛成了一个无底洞，最初还火辣辣地烧着疼，再往后就只剩下一片麻木。

饿极了，木木不是没想过放弃。可食物刚一拿到手，那些鄙夷的、嘲讽的、恶意满满的目光就如同潮水一般涌入她的大脑皮层，脑海中无法控制地一遍遍回放男神那厌恶的，甚至带着些恶心与快意的表情："谁要和头猪谈恋爱啊！"木木只觉着心里满满的只是恨。她恨男神对自己的轻蔑厌恶，恨同窗的取笑折磨，恨父母为何要把自己生成这般模样，更恨自己曾经的堕落无节制。恨到最后，木木也不知道自己在恨些什么，只是涓滴的恨意是燎原的火，在火里，木木亟待重生。

说真的，木木从来不是一个意志坚定的姑娘，尽管她体型彪悍身材高大，可她向来是见血就晕，有痛就喊，一点儿也不坚强。但在那段时间里，木木几乎透支了自己此生所有的意志力。

五天后，最艰难的日子总算熬了过去。木木可以开始喝酸奶，甚至进食少许的水煮白菜。之后的一段时间是大量的运动与流汗，

每天早晚慢跑 1500 米，仰卧起坐 100 个，深蹲跳 100 个，曾经连跑
800 米都撑不下来的木木近乎奇迹般地饿着肚子完成了假期计划。

21 天近乎残忍地对待自己不是没有回报，木木迅速从 130 多斤
掉到了 110 斤，尽管对于她 160 厘米的身高来说这仍是个过于庞大
的数字，但瘦下来的木木面庞开始露出一点清秀妩媚的意思。木木
的变化几乎震惊了所有返校的同学。在那些震惊的、讶异的，甚至
说不清道不明的嫉妒目光里，木木简直扬眉吐气，只觉得自己所有
的苦难都得到了报偿。

可只是有一点，木木再也不能吃饱。

是的，木木再也不能吃饱饭。周而复始的减肥彻底摧毁了木木
的食欲，不是厌食症，只是再也没有了一顿吃五个猪肉大葱包子的
好胃口。原先吃饭动辄论海碗计的木木，现在只能咽下小小的半碗米。
大鱼大肉、重油重盐的东西是一概不敢碰的，只捡着些清炒的蔬菜
豆腐入口佐饭。我们出去涮火锅，木木就只坐在边上看着，一顿饭
下来就涮两根茼蒿解解馋——木木自此与这个世界上绝大多数的美
味无缘。

可是，这又有什么关系？木木想，这一切都是值得的。

而唯一为木木日渐消瘦而惶恐不安的人，是木木的母亲。

木木的母亲在木木快开学时来学校看过一次女儿。可不成想，
只是一个假期没见，自己的闺女竟然就已经瘦得脱了形，连吃饭都
只剩了小猫三两口的食量。

当然，这都是木木母亲的看法。在木木自己看来，自己还有一
身的赘肉亟待解决，更巴不得完全不吃才好。于是母女俩针对吃饭

的问题开始了旷日持久的战争。

　　木木的母亲是个厨师，虽然早些年前已经退休，但她依然秉持着一个厨师最固执的观念：吃饭不积极，思想有问题。

　　木木的母亲也是圆滚滚的身材，但是她从来就没有在意过。在木木的母亲看来，为了劳什子减肥就不肯好好吃饭简直就是十恶不赦。

　　可木木为了那深埋在心底的自卑和刚刚升起的一点点微薄的虚荣，无论如何也是不肯恢复原本的饮食。为了这点事，母女二人争执了不知多少回。最后母亲索性留了在木木身旁，以照顾木木学习为由在学校附近租了间小房子，专门监督木木吃饭。

　　木木对于母亲的独断专行很是反感。在这减肥初见成效的关键时期，母亲的到来简直就是减肥道路上绕不过去的阻碍。可木木也没什么法子可以反抗，只好乖乖退了宿舍，一起住进了出租房。

　　不过上有政策下就有对策，早晚饭在母亲的眼皮子底下无法耍花招，可母亲做的午餐，木木是可以不吃的。于是那一摞摞的鸡排饭、牛肉饭、排骨饭，多数时，学校食堂里的泔水桶就成为了它们的归宿。

　　木木自以为做得滴水不漏，可她忘了这世界上没有不透风的墙。

　　某日母亲突发奇想，悄悄地尾随木木进了食堂，眼睁睁看见木木把一口未动的盒饭统统倒进下水道。母女二人的世界大战就此爆发，母亲万万没有想到，自己辛辛苦苦做出来的便当竟然就这样被木木毫不吝惜地随手弃于垃圾桶。气红了眼的母亲上去扇了木木一个巴掌，把惊呆了的木木连拉带拽地扯出校园。租住的简陋房间里，母女二人爆发了打木木出生以来最激烈的一场争吵。母亲颤抖着手指着木木，一时不知道该骂她什么好，劈头盖脸的便是一顿猛打。

木木也倔，任凭母亲连掐带锤，硬是咬了牙不松口。母亲气得急了，随手抄起桌上的尺子，一边抽一边骂："让你犟！让你犟！你错了没！错了没！"

"我没错！"木木咬着牙，"我只是想瘦一点！我有什么错！"

"你小小年纪减什么肥！胖点有什么不好！"

"呵，有什么不好？"木木冷笑，"胖了会被人在背后骂成猪！胖了会被人当猴耍！胖了所有人都看不起你！"木木捂着被抽出的一条条血印，"学习再好有什么用！就因为胖，所以全校人都能在背后说你胖得像头猪！就因为胖，我就连个名字都没有，天天被人称呼肥婆！就因为胖，那些男生可以在我面前怪声怪样地嘲笑我，所有的女生都离我八丈远，看我像垃圾！就因为胖，我就要被自己喜欢的人拿来当块垃圾似的用来羞辱！"木木字字泣血，"所以我要减肥，我就想活得有点儿尊严，我就想活得像个人！我有错吗！"

吼完后，木木扔下站在原地呆若木鸡的母亲，径直回了房，而从那天开始，木木开始了她第二个疗程的21天减肥。

大概是想反正也撕破了脸，木木竟奇异地有种如释重负的轻松感。如果说以往还对偷偷倒掉的便当有所愧疚，那么现在连这半点的内疚都飞得无影无踪。木木光明正大地拒绝母亲送来的任何食物，像第一次一样，只靠着少许蜂蜜水维持体力。

母亲起初以为木木只是闹脾气，便也不怎么管她，想着若真是饿极了，木木自然会出来吃东西。可两三天过去，木木依旧不吃不喝，母亲这才傻了眼。

对于木木来说，这不过是驾轻就熟的另一个阶段的减肥，可对于母亲，这简直是一向乖巧的女儿在赌气绝食。母亲慌了手脚，最开始也打也骂，直恨不得把木木强按在餐桌边，一勺勺地灌下去。

可打也打了骂也骂了，这一点儿风吹雨打完全不足以动摇木木减肥的决心。当着母亲的面木木还肯少许地吃两口，一转脸，木木就趴在马桶边让自己吐个稀里哗啦。母亲没法，只好每天大鱼大肉地变着法子做好吃的，心中期冀着这饭菜的香味能诱惑到木木。

可母亲着实低估了木木的忍耐力，面对一桌热腾腾、香辣辣的火锅都能坐怀不动的木木，岂是一碗红烧肉、糖醋小排所能诱惑得了的？木木这次是铁了心肠。

不过木木却忘了，此时不同假期。假期里固然可以躺着不动，但在上课的日子里，每日除了要承担运动所带来的体力损耗，光是大量的脑力劳动就足够让木木吃不消。不出意料，木木晕了。

木木晕倒是在某节早课后，她自己也不知道是怎么了，只觉得眼前一黑，就此人事不省。等木木醒来已经是两天后，医生确诊为过度饥饿引起的营养不良。木木正头疼这下子母亲一定不会善罢甘休，可没想到的是，母亲却出奇地冷静。除开恢复期的前几天，母亲硬逼着木木喝了几天粥，出院后，母亲竟然再没反对过木木减肥的事情。

只是母亲说，你要减肥我也不管了，何况我也管不了。但是有一条，你每天必须喝我做的一碗汤。放心，也不是什么大鱼大肉，不耽误你减肥。

母亲的汤端上来，只见汤色澄碧，上面漂浮着几块半透明的冬瓜，入口并无半点油腻腥膻，却是出人意料的鲜美。虽不知道这是什么汤，可木木想，一碗冬瓜汤换老妈不唠叨，这买卖简直不要太划算，于是也就无可无不可地答应了。之后的日子里，木木依旧不敢多吃一口。除了几片白水煮的青菜叶子，木木就靠着一天一碗清汤过日子。

木木也曾经好奇过，母亲的那碗鲜甜可口的冬瓜汤究竟是怎么熬成的？为什么自己试着熬了多次冬瓜汤，却怎么也熬不出那样的好味道？母亲三缄其口，把木木推出了厨房："这些你都不用操心，我熬好了你喝就行。"

几次问下来无果，木木也就熄了熬汤的心思。心想左右不过一碗冬瓜汤，把冬瓜扔到水里煮不就行了，想来也不会太麻烦。那时候木木正面临着高考冲刺的紧要关头，杂七杂八的事情也多，这点小事便很快就被抛到了脑后。直到有一天，学校里破天荒地放了半天假，早归的木木才发现了这碗冬瓜汤的秘密。

这哪里是一碗普通的冬瓜汤哟！木木喝到的鲜甜的口感并不仅仅出于水和冬瓜的混合熬煮。

早上四五点钟，母亲要骑自行车去农贸市场买回煮汤的原材料：新鲜的鱼虾贝类，筒子骨，母鸡，青菜叶子，冬瓜。木木一出门，母亲就要开始忙活：母鸡斩件，和筒子骨一并放入高压锅中焖煮，放入天麻、红枣、参须，熬至骨肉分离，汤浓肉烂，将汤汁沥出，放入新鲜的、刚处理好的海鲜，继续用砂锅熬煮三五个小时，直到海鲜的鲜美与肉汤的浓郁融合在一起，用漏网把渣滓筛出，只留下一锅高汤。

这还不算完，为了让汤汁不油腻，母亲想尽了办法：先放入大片的生菜叶吸去汤表面的油花，再用纱布包着剁碎的鸡蓉，一遍遍地将余下的浓汤过筛。五六遍后，汤汁便清澄朴碧、色泽如茶。在木木放学前，母亲会放入几片切得薄薄的冬瓜，欺骗木木说这只是一碗冬瓜汤。

　　知道了真相的木木无语凝噎，她从来都不知道原来一碗冬瓜汤背后居然有着这样复杂的工序。其实母亲原本并不是多么天才的厨师，可为了木木每天都要喝的这一碗汤，母亲把厨艺发挥到了极致。母亲有腰间盘突出，木木难以想象母亲是怎么在简陋的灶台边坚持着一站几个小时，只为了给自己熬一碗能减肥的、不油腻的冬瓜汤。

　　也就是从那天起，木木彻底放弃了减肥。尽管依旧吃得不算多，但所有人都看得出，木木是在努力地想要多吃点。

　　"当我看见老妈撑着后腰站在灶台边给我熬汤的时候，我觉得自个儿混账透了。"现在的木木依旧不苗条，却全然看不出当年的阴暗自卑。

　　"老妈的那碗汤让我彻底地想开了，被人羞辱算得了什么，青春期那一点儿的扭曲自尊又算得了什么？爱我的人不管我怎么混账都会爱我，不爱我的人，我干吗要拼着伤害爱我的人去讨好？"餐桌上，叼着大包子吃得不亦乐乎的木木抬起头，露出嘴角的小酒窝："除了老妈，这世上还有谁会真正在乎我有没有吃饱呢，你说是吧？"

冬瓜汤做法:

1. 准备半只母鸡，斩件，鸡胸肉、筒子骨备用，海鲜适量;

2. 将鱼块、贝类等海鲜煮半小时，沥出汤汁备用;

3. 煮过海鲜的汤水中放入斩件的鸡块、筒子骨，用砂锅煮，加入适量的料酒和盐调味;

4. 撇去汤水中的浮沫，小火熬煮 2 到 3 个小时后，放入红枣、参须、天麻、姜片、葱段，继续煮半小时;

5. 煲好的汤捞出原料只留下浓汤，放入生菜叶子吸油，此步骤重复 2-3 次，直到汤中油花被吸净;

6. 鸡胸肉切成细蓉，放入葱姜水浸泡 10 分钟后用纱布包裹好;

7. 将包好的鸡蓉放入汤中，旺火烧开搅拌，待鸡蓉将汤中杂质吸附后，将此步骤重复 3 次;

8. 过滤后的清汤沉淀半小时，析出清汤备用;

9. 冬瓜去皮切薄片，大火热水焯 3 分钟;

10. 焯好的冬瓜片放入清汤中，食用之前上蒸笼，旺火蒸 3 分钟，撇去浮沫即可。

没有不会好的伤

1

周星星跟她妈妈的斗争，简直能写一部可歌可泣的革命史。

周星星跟她妈从一开始就没消停的时候。娘儿俩见面就打。周星星和她妈，决不能待在一起超过三分钟，否则必然爆发一场家庭大战。起初星星爸还试图调和，可时间久了，发现就算劝架也只有受夹板气的份儿，索性就听之任之了。

"总之，我们俩就是合不来！"周星星如此说。

其实这事情，我们也是理解的。周星星从小也不知道是哪根筋搭得不太对，就是个火暴脾气。说好听了叫急性子、直脾气，说难听了就是二愣子、没心没肺。而星星妈妈在难缠这方面也不遑多让。

我们见过星星妈妈，梳了一头整齐、一丝不苟的盘发，戴黑框细长圆眼镜，脸上不苟言笑，一看就让人想起中学时代总悄无声息地出现在教室后窗的教导主任，大夏天里就足够让人起一身鸡皮疙瘩。周星星总抱怨自己妈妈是如何阴沉腹黑、老谋深算、不动声色地收拾自己，其精彩程度足可以写一本现代版《十大酷刑》。

但说真的，真要讲星星妈妈如何"虐待"周星星，那也真谈不上。

星星妈妈算是老式的知识分子，对"棍棒底下出孝子"这句话深信不疑。并不是不疼惜孩子，星星妈妈关注的点，总是错了那么一点儿，手段也严厉了一点儿。因此周星星从小就被老妈的高压政策管教得服服帖帖。

星星妈妈的手段简单粗暴但有效。背不过课文？罚站。做不完作业？别吃饭。还敢顶嘴？竹笋炒肉混合双打套餐要来一套吗，亲？

总之那些年，周星星过得很压抑。

但要说周星星是什么调皮孩子，那也委屈了星星。可谁没有个叛逆期呢？越是被禁止，就越是抓心挠肺。何况像周星星这样高智商的孩子，连淘气都能格外的精致。娘儿俩三天两头为了鸡毛蒜皮的小事吵架，鸡飞狗跳贯穿了周星星的整个童年。

2

所以说，在周星星婚姻大事上，两个人吵到不可开交，就实在不是什么值得惊讶的事了。

周星星算是开窍比较早的那一批。当我们还灰头土脸整天只知道埋在习题堆里写作业的时候，周星星就已经拿了个小镜子，支在立起来的教科书后面，一边听着老师在台上吐沫纷飞，一边偷偷用半截 2B 铅笔把自己画成了蜡笔小新。

从初中开始，周星星身边的小男朋友就已经一个接一个。小时候的感情，你很难把他定义成爱情，所以我们一致表示周星星就是缺爱。

周星星的第一任男朋友，是初中时候的转校生。男孩子白净瘦高，留了一头深棕色短发，活像是小说里走出来的男主角。周星星骄傲地站在小男友的身边，把校服裤子别出心裁地卷了一个边，自以为牛气得不行，其实傻 × 得不得了。

至于周星星是怎么被小帅哥勾搭上的，周星星一直三缄其口，直到有一天被闹得不行，才不得已吐了口："当年我吃的第一口炸鸡柳，就是他请的客。"

不知道你们还记不记得，在各大中小学的校门口，炸鸡柳曾风靡一时。学校门口是吃货的天堂：沾了白糖的软糯糯的竹筒粽子，饱蘸浓厚酱汁的水煮豆腐皮，甚至是风行大江南北颠倒吃货众生的小辣条……着实数也数不过来。

"但炸鸡柳是不同的。"周星星说。

淡粉色的鸡肉被摊主提前腌制入味，裹了雪白的面包糠，妥帖地盛放在半透明的保鲜盒里。如果有人来买，摊主就拿巨大的铁夹子矜持地夹出一些，放进滚油里，不一会儿就染上了金灿灿的颜色。炸好的鸡柳外酥里嫩，裹上厚厚的番茄酱，咬一口，鸡柳雪白的胴体冒着热腾腾的气。

当时这是孩子们的最爱。

不过这样的口福，周星星向来没有的。尽管炸鸡柳这样的零食并不贵，但周星星一向囊中羞涩。并不是家里穷，周星星的父母都是高级知识分子，在那个年代就已经置下了大房子小汽车，出手很是阔绰。周星星从小美术、钢琴、书法、绘画，各种奖项一路拿，单论奖金都足够攒一个略有家底的小金库了。所以归根结底，还是星星妈妈秉持的"小孩有钱就变坏"的思想作祟。于是星星只好眼巴巴瞅着同学们有说有笑地奔向校门口的小摊子，默默地流着口水。

其实照理说，也有家中财大气粗的同学请客，但这样的事情大家向来会有意无意地把周星星落下。小孩子的社交无非这样：一看脸，二看钱。都说小孩子心地纯良，眼睛单纯，但其实不然。周星星虽有一颗爱美的心，奈何却没有一张美人的脸，更没有打扮成美人的钱。

在星星妈妈"小孩子要节俭朴素"的教养方针下，周星星总是穿着表姐堂妹们剩下的衣服。袖子不是长一节，就是短一块，更不要说颜色鲜不鲜亮，款式好不好看了。圆滚滚的脸蛋配上星星妈妈亲手剪的土兮兮、傻乎乎的蘑菇头，周星星整个人都散发着灰扑扑的乡土气息。在那个小姑娘都要白白净净梳着长头发，辫梢还要扣着水钻发夹的年代，顶着一头鸟窝沉默寡言的周星星，就像是还没有发育完全的丑小鸭，总是很容易遭到排挤。

所以周星星一直说，那个小男朋友就是她灰暗生命里的第一道光。

3

现在回想起来，这样的感情大概很难说得上是喜欢。我更愿意形容为，周星星抓住了一棵稻草。

虽然周星星形容得肉麻，但对于那个内心敏感的小姑娘来说，当第一次有人愿意与她分享一包炸鸡柳的时候，那种感觉大抵无异于给一个风雪中的旅人递上一杯温水。

雪中送炭，从来都不容易。

所以接下来的事情也就顺理成章，周星星就这么陷进人生中的第一段感情。

说真的，我们也实在觉得，一包炸鸡柳就搞定的感情，真是太不靠谱了。但那时候的星星确实就深深沉溺在这种虚幻的繁荣里，从小就压抑着的虚荣心突然得到了无限膨胀，恨不能就这样一股脑儿地把这么多年的委屈和孤独都发泄出来。周星星第一次尝到了爱情的甜头。虽然那时候的爱情，单纯得都谈不上肉体吸引灵魂知己。但回想起来，在课桌底下偷偷勾一下手指头都能傻乐一整天的小幸福却是周星星少年时代为数不多的、闪着光芒的快乐时光。

是啊，那确实是很快乐的时光。只可惜，这样幸福而愉快的日子，一直只持续到……持续到星星妈妈发现的那一天。

不知道是不是所有的女人做了母亲之后，都能练就一双火眼金睛。虽然星星已经很小心地消除了一切痕迹，也没有犯随便写日记的低级错误，但星星妈妈还是很快从蛛丝马迹中发现了女儿的小秘密。

你能想象，火星撞地球是什么情景吗？

其实早恋这点小事，现在早算不上什么大事情了。如果家长开明又通情达理，说不定还会故意逗逗情窦初开的小姑娘："我能请你的小男朋友吃点心吗？"然后愉快地收获一枚红扑扑的小脸蛋。

但是对于星星妈妈这样刻板了一辈子的女人来说，早恋，尤其中学时代的早恋，简直就是人生污点。星星妈妈一辈子只谈了一次恋爱，就顺顺当当地嫁作人妇。所以星星妈妈怎么也想不通，在工作之前，正经的女孩子家怎么能谈起恋爱，耍起朋友？

简直荒谬！

家庭大战就此爆发。一方是情窦初开、反抗叛逆的青春期少女，一方是固执己见、积威甚重的更年期老妈，周星星捧着少女心哭着喊着要维持她的纯真爱情，星星妈则好说歹说、恩威并施要拉回失足少女。

这场架，从一开始就打得精彩万分。

星星妈妈也算是手段倍出：打、骂、找老师、请家长……算是无所不用其极。甚至一气之下，找到了学校。我无法想象，当星星沉默地看着自己的母亲全无形象地在校门口揪住自己的恋人，责怪对方勾引自家女儿时，会是怎样的心情。更难以想象，当星星被老师揪出来，当作"这就是早恋的下场"狠狠斥责时，又是怎样面对台下同学的各异神色与窃窃私语。

周星星不是没闹过。大吵大闹，离家出走，绝食，能用的手段星星一一尝试过。可两个倔强的人遇到一起，是谁也不肯让步的。寂静的夜里，星星拿着小刀片在胳膊上划出一条条鲜血淋漓的痕迹。星星说，她并不是真的想死，只是再也无力忍受那种绝望。

这场注定无疾而终的恋情，与其说是单纯喜欢上一个少年，不如说是星星成年后的第一次反抗：她要主宰自己的命运。

只可惜，却惨败收场，一败涂地。

母亲也许不是不心疼，但面对星星鲜血淋漓的手，她更无法容忍女儿以这样决绝的方式同她抗争。所以结局依然如母亲所愿，转校生再次转了校，年轻的爱情也随之枯萎。而周星星，也日复一日地沉默下去。

后来星星母亲说，她是为星星好。玉不琢不成器，剪枝丫是因为爱星星。

这也算是爱吗？周星星说，那一刻，她真是恨毒了母亲。

4

当我认识周星星的时候，她早就不是以前那个灰扑扑的、沉默寡言的小女孩。

星星现在是某家时尚杂志的时装编辑，每日最主要的工作就是挑选款式，打扮精致。现在的她整日周旋在锦衣华食、绿女红男中，学会了画精致的眼妆，描着橘红色的热烈唇彩。至少在外表上，星星早就同当年那个面目平庸的丑小鸭不可同日而语。

周星星最终完成了她逃离的梦想。从高中开始，星星远离父母家乡，十几年来独自在不同的城市间辗转打拼。家乡与她的童年时光看起来都那么遥远，简直恍如隔世。若干年来，除了每年除夕不情不愿地回去，星星并不肯与家中多联系，就连一个月一次的电话，也总有一搭没一搭的。

"没办法，"星星说，"我跟他们真没的说。"

其实也不难理解星星父母，谁让每一个大龄单身女青年，都会遇上同样的苦衷呢。说来也是奇怪，星星在上学的时候，就算父母阻止也要拼了命地与小男友在一起。可真等该谈恋爱的时候，偏偏又没了动静。眼瞅着姑娘三十多岁却还孤身一人，整日里万花丛中过，片叶不沾身，星星妈妈又愁白了头发。

可是没办法，孩子长大了，翅膀硬了早晚是管不住的。就算星星妈妈锲而不舍恨不能天天打电话来催，也是没办法。

直到星星遇见了他。

他是星星公司的总监，虽和星星不在同一个部门，但是文山会海里总有无数的时间能碰上。照我们说，他不过是最平平无奇的那一类男人，一个星期至少有六天半穿着藏蓝或者深灰的西装，沉默寡言，经常在办公室行色匆匆。他理着普通男人的小平头，五官乏善可陈。他生的矮而壮实，身材算不上臃肿，却也依稀可见鼓起的小肚腩。他是扔到人堆里就找不出来的模样。

这个男人年长星星十岁有余，已是四十出头的年纪。平日里虽时时保养着，可眼角眉梢还是无可避免地刻上了纹路，仔细看，发根也染上了秋霜，于是我们便戏称他为老男人。毕竟，再怎么看，这样一个平平无奇的老男人也匹配不上星星的貌美如花。

可要不怎么说是孽缘呢？没多久，星星就被这老男人迷了神智，乱了心思，毫不顾忌公司禁止办公室恋情的规定。

我们骇笑，周星星真是昏了头。为这么一个男人，值得吗？

可星星却甩了甩头发，说我们不懂他的好。

老男人固然年长星星若干岁，可这并不减损他的半点魅力。要说星星平日里采访的名流大佬多了，总有那么几个人几乎能满足女人对异性的一切幻想，而老男人显然也是个中翘楚。在职场上混迹多年，老男人早就百炼成钢。用星星的话说，他睿智、博学、坚毅、果决，言谈举止一派从容，再怎样惊涛骇浪的事情到了他这里，他也只是淡淡地说"别急"，然后把一切化为风平浪静。他是所有女人梦中的理想情人，成熟而可靠，可以为她搭建一方天地，免她无枝可依，免她四下流离。

对于星星来说，这样的魅力，实在无弗可挡。

周星星不是不知道，男人年过半百，在这样年纪与自己父亲相仿的男人面前，星星也犹豫。星星也只好当他是朋友，平日里有一搭无一搭地聊着。可感情放肆如野马奔腾，心是管不住的。老男人博学，前尘往事，古今中外，政治历史，不管说到什么，他都能不动声色地接过话题，评论亦不肯多，只是针针见血，甚至连星星的每一条微博，每一段微信，男人都细细地读过。每每意气相投，星星便恍惚有茫茫人海中寻到唯一灵魂知己的错觉。

所以也算不上是谁勾引谁，只是意乱情迷得恰到好处，让星星欲罢不能。

于是没过多久，周星星就退了原本租住的小房子，搬去与老男人同居。老男人声称自己离异，净身出户后便独自来京，租了间酒店公寓权作落脚之地。房子并不大，星星住进去之后，就越发地显得窄小。但星星全不在意，对于爱情大过天的星星来说，能在狭小的房间里为男人洗衣做饭，洗手羹汤，就已经是天大的幸福。

星星说，这就是她所有的梦想——拥有一个完完全全属于自己的、不受别人控制的家。

我们知道她意有所指，却无可奈何。毕竟，周家母女间的这笔旧账，是谁也说不清的。

星星与一个年长她十岁的离异男人同居的消息，最终还是传到了周家父母耳中。星星妈妈日夜兼程赶到北京，冲着星星吼："你怎么能跟这样的男人在一起？如花似玉的姑娘家，你真要毁了自己吗？！"可星星早就硬了翅膀铁了心，只丢下了一句话："你们选吧，要么他，要么我单身一辈子。"

5

我们一直说，星星是个无比倔强的人。不是说她如何的铁石心肠，但只要她认准了的事情，九头牛都拉不回来。想想当年星星满胳膊的血，母亲嘴上说得再硬，心里到底也怵了。

临走前，母亲丢下狠话："你要不同他彻底断了，以后就甭认我这个妈。"

星星只冷笑一声:"呵呵,早干什么去了。"

总之,周家父母铩羽而归,周星星就此再无顾忌。在老男人租住的百十平方米的公寓里,星星为他心甘情愿地洗衣做饭、洗手羹汤,像极了他贤惠的妻。星星满怀希望地计划着他们的未来,在哪里买一间小房子,在哪家买一件好婚纱。至少在那个时候,星星以为,这段感情一定会有一个可以期待的未来。

但这一次闹得满城风雨的,却不是星星父母。

在星星与老男人的好日子过了还没多久,她就被人堵在了办公室门口。那女人年过四十,面容严峻,星星刚露面,女人二话不说就指着星星开始一顿臭骂,直到老男人从会议室里气急败坏地跑出来拉走女人,星星这才回过神来。

说什么离异单身,原来只是骗星星的鬼话。那女人是老男人的结发妻子。

星星被这猛料打得措手不及。原来自己一直以为的良人,真实面目竟是谎话连篇的渣男。

经此一役,星星彻底被伤了心。

且不说女人离开后一公司人的冷嘲热讽、闲言碎语,就连星星自己,也觉得无地自容。老男人彻底靠不上,星星也不指望他能给出什么解释,从女人出现的那一刻起,老男人就再没有袒护过星星一句,只恨不能所有脏水都一股脑儿泼给星星。

总之,北京是再也待不下去了。星星想。

6

星星是被父亲一路拎回家的。

原本星星只是想换个陌生的城市舔舐伤口，其实甚至连城市都不用换，北京这么大，出了这一亩三分地就是茫茫人海，还有谁在乎谁？可事情过去还没多久，父亲不知道从哪里知道了她的事情。周家父母急匆匆从家乡赶来，一见面，父亲就兜头给了星星一个耳光。

一个耳光把星星彻底打蒙了。在星星的印象里，父亲永远和蔼可亲，是星星面对母亲暴脾气时候的坚实后盾。可没想到在这件事情上父亲如此坚决，当天就押着星星收拾了衣物，连夜送回了家。

这么多年，兜兜转转绕了这么多路，星星还是回了家。而且，还是以这样一种难堪的方式。

回家后的日子并不好过，对于星星来讲，这一役算得上伤筋动骨、颜面尽失。尽管星星知道，京城的风风雨雨未必能吹到家乡这样的小城市，但星星本能的还是怕。怕有一天走到街头，会被一个陌生的女人揪住头发破口大骂，也怕来来往往的行人的背后有另一重嘴脸，在阴暗无人的那面会指指点点、碎语闲言。自从星星回家，父亲就再没给过星星什么好脸色。难听的话倒不至于，只不过父亲望向星星时满是失望的眼神以及时不时传来的叹息，都让星星如芒在背。

何况，就算星星再怎么逃避，最难欺骗的依旧是自己。星星曾以为自己并不是道德感特别强烈的那类人，对于第三者这种事情也仅是耳闻。可星星怎么也想不到，突然有一天自己竟成了这人人喊打的一员。真的到了这种地步，哪怕是被蒙骗，强烈的自责混合着难以启口的羞耻感也几乎要把星星压垮。

于是从踏进家门的那一天起，星星就把自己一头闷在了房间，不肯迈出房门。星星就像一只柔软的蚌，把自己深深埋藏在看似坚硬的壳里。自从回家，星星便整日深居简出，茶饭不思。想到那些恨不能抽自己几巴掌的过往，星星就只觉得呕。所以不管端上来的是大鱼大肉还是小菜清粥，星星都仿佛变了一个人，只肯少少地动几筷子。要知道，原本的星星可是以大胃王出名。而现在的星星，怕是连只猫都要比她吃得多些。

都说失恋是最好的减肥药，何况如此不堪的失恋。星星迅速消瘦下去，从鼎盛时期的 120 多斤，瘦到了只剩下一把骨头。由面若银盆的丰腴美人，瘦成了弱不禁风的黛玉妹妹。

这可急坏了星星妈妈。其实星星也奇怪，自从星星回了家，除了父亲会时不时说道两句，原本性子最是火暴的母亲反倒没了声响。星星早就做好了同母亲大吵一架的准备，大不了闹个一拍两散，倒也省心。可没想到这次回来，星星妈妈竟如同换了一个人，每日除了用饱含忧虑的目光盯着星星，旁的竟一句话也不讲。

只是这也就罢了，但自从眼见着星星日渐消瘦，母亲竟一副心急如焚的样子，每天在家里变着花样给星星拾掇各色吃食，就为了让星星多吃一口。

　　到最后，星星妈妈竟不知怎么想起了星星年少时最爱吃的炸鸡柳。

　　炸鸡柳的流行时代毕竟是过去了，原来随处可见的小食摊子竟一个也寻不见。

　　母亲不甘心："你说原来到处都是的吃食，怎么说没有就没有了呢？"星星不以为意，"没有就算了，我现在早就不爱吃那些玩意了"，眉眼间早带上了几分不耐烦。母亲听了，动了动嘴唇，却没再多说话。

　　可没过两天，星星妈妈竟亲手给星星炸了鸡柳："你肯定爱吃的，多少吃一点。"

　　只可惜，送过去的时机不太对，正好撞到了星星的枪口上。那天星星刚好见到了原来同事的朋友圈，朋友圈里老男人又是赌咒发誓又是下跪忏悔，终于算是安抚了老妻稚子。老男人一切重回正轨。星星看得一肚子气，于是母亲此刻的唠叨让星星再也控制不住自己的火气，劈手夺了盘子扔出去："你们不就是嫌我丢人吗！那我死了算了，用不着你们好心！"

　　星星以为这下母亲必然不会忍下去，一定会跳起来同她大吵一架。"这样也好，"星星自暴自弃地想，"干脆一拍两散，顶多老死不见就是。"

　　可母亲却只是默默地看了一眼星星，收拾了一地破碎的碗碟，替星星掩了门。

　　星星在房门口呆立半晌，才反应过来，自己这是迁怒了。

　　道歉对星星来讲实在太难了。何况，是对母亲。星星左思右想，决定溜出去探探风声。"要是他们脸色还好，大不了我就去示个好。"星星心里想，"反正说两句软和话又不会掉块儿肉。"

那已经是很深的夜里了，等星星悄悄溜出房门才发现父母早已熄了灯。看着主卧紧闭的房门，星星很难说是个什么滋味。一转身，发现桌子中央端端正正罩着一碗炸鸡柳，不用说，那是母亲特意给星星留的。

"我都不是小孩子了，谁还爱吃这个。"星星嘟嘟囔囔，可转手却扔了一块鸡柳进嘴里。坦白讲，星星妈妈在做饭这上面实在没什么天赋，连炸鸡柳这么简单的东西都能做得又干又涩，还带着点说不出来的腥味——鸡蛋裹得太多了。

"真难吃。"星星喃喃自语。可一眨眼，泪珠却滚了下来。

7

星星以为，以后的日子大概就会这么过下去吧。回到家里，找一份稳定的工作，过踏踏实实的日子。不管有再怎么深刻的伤痕，总会有过去的一天。

天不遂人愿，当星星开始憧憬与父母过恬淡日子的时候，母亲病倒了。

起初星星不以为意，认为母亲只是没什么胃口而已。再后来，母亲开始时不时地发低烧。星星想，母亲可能是上了年纪，就算有个把小毛病也属正常。

所以当星星拿到母亲诊断书的时候，用晴天霹雳来讲一点儿也不为过。

"胃体穹窿部癌中期，分化腺癌。"诊断书上写着。

星星拿着母亲的诊断书，一路浑浑噩噩走向病房，盘算着怎么才能向母亲开口。星星一路心乱如麻："我得瞒着她，要不然她一定受不了。她这么要强的人，要是知道自己得了这种病，还不知道心里怎么想。哦，对了，还有医药费，我工资卡里面还有十来万，明天得取出来。那我还得赶紧再找份工作，要不然不知道这点钱能撑多长时间……"当星星看到母亲沉默而了然的眼神，心里一个咯噔，她早就知道了。

"你都知道了？"星星问。

"……"

"为什么不早告诉我？"

"……"

"你倒是说话啊！"星星终于失控。她曾一直以为自己不在乎母亲，甚至是恨着她的。可真的走到这一步，星星才发现，究竟是血浓于水。

母亲依然沉默着，看着星星崩溃地蹲在地上号啕大哭。半晌，轻轻地说："是妈妈对不起你。"

其实，从星星与老男人同居的那一天开始，母亲嘴上不说，可心里却一直自责。母亲觉得，如果不是当年自己用这么激烈的手段毁了星星的初恋，也许星星是可以走上另外一条道路的。那条道路是不是会更好，星星妈妈不敢说，但至少不会像现在一样，让星星一方面激烈而决绝地伤害自己，一方面却在贪恋一点点不正常的微弱温情。

"我的确早就知道。"妈妈拉着星星的手，"我不怕死，可我怕我走了，我家囡囡该怎么办呢？"那是第一次，妈妈在星星面前，哭得像个孩子。

在那一刻，星星突然发现，自己真的已经很久没有仔细看过母亲了。与年少时候的刻板印象相比，母亲老了。她不再是以前那个强势的女人，而只是一个虚弱的中年妇人。也许是由于弥漫了长久的孤单、想念，甚至自责，母亲看起来几乎与所有的老人一样，衰败，甚至更加虚弱。时至今日，星星才蓦然发现，那个几乎被她恨了一辈子的人，已经衰老到再也不能伤害她。

而她，也早就已经不再怨恨。

星星想起了妈妈亲手做的那份炸鸡柳。那鸡柳又干又咸，实在说不上好吃。但也许母亲一直以来对星星的爱就像这炸鸡柳一样，虽然有时难以下咽，甚至有些不合时宜，但在又干又涩的食物背后，的的确确是母亲隐藏着的一颗心。

在那一刻，星星终于与自己的年少时光幡然和解。她原谅曾经对她独断专制的母亲，原谅了这么多年所有的歧视与伤害，更是原谅，曾经那个不完美的自己。毕竟啊，那些曾经的痛苦与伤害终究会随着时间的流逝而慢慢消弭，而所有的恨意也会渐渐平息。

这一切发生得悄无声息而又理所当然，就好像，身边的母亲终归会无可避免地老去。

炸鸡柳做法：

1. 鸡胸肉切成条，用少许鸡精、胡椒粉、白糖、料酒、盐腌制；

2. 腌好的鸡柳拍上一层淀粉，再拖上一层蛋液，最后裹上一层面包糠；

3. 五成油温时将鸡柳下锅炸至定型，捞出后再下锅，炸至颜色呈金黄；

4. 炸好的鸡柳摆盘，撒上番茄酱即可。

这就是父亲

　　阿宁是我的朋友，有着圆圆的脸蛋和一副无与伦比的好胃口，眉眼弯弯，从来都是一副好好先生的和气模样，看着就让人心生欢喜。

　　我最喜欢与阿宁一道吃饭，好像无论什么样的食物阿宁都能吃得眉飞色舞，粗茶淡饭里都能平添出三分美味。阿宁尤嗜甜，每次午饭过后，都能见到阿宁捧着一块小小的蛋糕吃得手舞足蹈，像一只冬天忙着储存食物的仓鼠。

　　我常常取笑阿宁，再这样吃下去小心又该减肥了。可阿宁倒不在乎，你懂什么，能吃是福！

　　于是在阿宁的食谱上，我见识了各种各样的甜点：有着粉嫩糖果色的小小的马卡龙，烤得金黄绵软的贝壳小玛德琳蛋糕，混合着诱人蓝莓酱夹心的马芬蛋糕，雪白酥皮上点着艳红花钿的玫瑰鲜花饼，甚至是一小盅炖得黏稠的椰奶银耳羹……啊！阿宁的桌子真是个奇妙的地方，简直是流动的微型甜点展台！

　　可是阿宁却说，她这辈子吃过最好吃的甜点，是一块蜂蜜蛋糕。

　　尽管养成了一副大气天真的富家小姐样，阿宁家境却并不富裕。中东部某个以贫穷而闻名的小县城，那里是阿宁的故乡。

　　阿宁爸爸矮小而寡言，但有一手做豆腐的好手艺，卖的豆腐豆浆冻豆腐，在十里八乡都出了名。母亲姿容秀丽，没事就搬个小椅子坐在门口嗑瓜子卖豆腐，是远近有名的"豆腐西施"。两口子一搭一档，靠着这一手做豆腐的手艺，日子过得算是不好不坏，说不上大富大贵，但也能小康自足。

　　可是，做豆腐累啊，是真累。

　　自古说有三桩苦差事：打铁、撑船、磨豆腐。磨豆腐是头一项。

　　早上两三点钟，正是最暗、最黑、睡得最熟的时候，阿宁的父母就得起床开始磨豆腐。把前晚泡好的豆子放进石磨里磨成浆，再制卤水，打豆腐，到六七点钟才能做好。做好后，父亲就把豆腐和豆浆放进挑子里，走街串巷地叫卖。母亲则搬开小店的木门，开始一天的生意。

　　"这样的日子真是苦啊！"母亲总是喃喃地抱怨，"什么时候是个头儿哟！"

　　不过母亲的抱怨并没有持续太久。贫贱夫妻百事哀，日子过得窘迫劳累了，鸡毛蒜皮的小事也能燃起大火。虽说夫妻没有隔日仇，但也架不住天天吵天天打。不久后，母亲决定随着同乡姐妹出去打工，从此与阿宁的父亲就再没联系。

　　想来父亲也是早有预感，在母亲离开的那段日子里，原本就沉默寡言的父亲越发地沉默。没了豆腐西施，小门店自然不能再开。父亲就把前院赁给卖馄饨的老客，带着阿宁搬到后院的小屋。

母亲走了，父亲一个人得撑起一个家。只是，光靠着父亲起早贪黑走街串巷挣的那点钱，这个家是以肉眼可见的速度衰败了下来。

那时阿宁还小，懵懵懂懂也不知道发生了什么。虽然家里的餐桌上肉少了，菜也不再新鲜，甚至自己也再没穿过好看的新裙子，但母亲的出走对她最大的影响不过是少了一个人的打骂，日子反而过得舒坦。

贫穷对于阿宁来说，还只是一个模模糊糊的概念，也许知道，却并没有切肤之痛。阿宁还是每天早上穿着整齐干净的校服去上学，顶多要把母亲的活计揽下来，早早起床烧火做饭。日子虽然清苦些，阿宁却依旧觉得愉快。

可贫穷是一根刺，总是在你猝不及防的时候轻易戳破你的幸福幻想。而戳破阿宁的那根刺，是一块蛋糕。

县城太小，芝麻大的事都算大，更别说突然开了一家西饼屋这样的大事。现在回想起来，那家西饼屋里卖的东西可真是够粗糙，味道也不够好，甜得齁死人。但在那个年代，西饼屋真是个新奇洋气的地方，开业之初，全县人都跑去进行参观。

小小的阿宁夹杂在人群中观察这个奇妙的地方：有明亮的大玻璃窗，蛋糕一个个小巧精致，被精心安排在了最合适的位置。店里的空气也弥漫着诱人的甜，好像让人跌进了爱丽丝最美的梦境。可是这样的梦境却是阿宁承担不起的奢望，最便宜的一块蜂蜜蛋糕也要一块五角钱，这并不是一个多么骇人听闻的数字，却约合于阿宁家一天的伙食费。可让阿宁第一次明白什么叫贫穷的，就是从这一块五角钱一块的蜂蜜蛋糕开始。

同桌箍着牙的丫头片子吃过了，砸吧着嘴感慨"真好吃啊"，偏还要故作矜持地问阿宁："哎，你说是吧？"

邻居家拖着鼻涕的小胖子吃过了，手里拿着半块蛋糕，远远地瞧见阿宁就跑："我妈说了你家穷，你买不起，你会抢我的！"

就连街角掉了牙的老寡妇也吃过了，拉着阿宁的手："唉，可怜妮儿啊，你没吃过吧？回头叫你爸给你买去！"转过头却对着街坊窃窃，"要说这没了娘的娃儿啊……"

阿宁不知道这块蛋糕究竟有多好吃，阿宁也清楚地知道自己买不起，可这块蛋糕却像是一丛根系茂密的野草，在阿宁的心里深深地扎下了根。

日子久了，西饼店不再是镇上人议论的焦点，可阿宁依然念念不忘。她时不时跑到蛋糕店明亮的橱窗前看看自己心爱的蛋糕，蛋糕店的那个大玻璃柜子，大概就是阿宁心中的蒂芙尼。看到蛋糕，阿宁心里仿佛燃了一把火，烧得心底干渴。终于，阿宁忍不住做了个大胆的决定，偷一块蛋糕！

这个计划讲起来粗暴又刺激，趁着店里伙计进货忙不过来的当口，阿宁不知哪里来的胆子，抓起一块蛋糕就跑。县城太小，被人找上是迟早的事，阿宁不敢回家，就惶惶然躲在县城边上的小河边吃完了她人生中的第一个蛋糕。

"真难吃呀，"阿宁说，"我吃一口，就骂自己一句。没妈的孩子，没人养的坏子，穷妮子，贼娃子，这都是人家从背后说我的啊，我都知道，可那天却是我自己一个字一个字地坐实了。想想这些，我就噎得慌，真噎得慌。"

吃完蛋糕，阿宁一个人在河边坐了很久，越想越觉得慌，直恨不得把自个儿淹死在面前的河里算完。

终究阿宁没来得及做傻事。天黑的时候，父亲在小河边找到了蜷成一团的阿宁。父亲眼中布满血丝，不由分说，随手抄起一根树枝子就打。十几年来都没舍得动自己女儿一根手指的父亲在那天动了真气。

"哎呀，那是打得真狠，后来我身上的伤都肿了半寸高。"阿宁说，"可那时候我也倔，打成那样也半点儿没喊，就咬着牙跟他犟，心里一股子的怨气。"

树枝子打断了，父女俩就大眼对小眼地瞪。父亲突然转身就走，阿宁犹豫了半晌，还是悄悄地跟在了后面。

回到家，来找父亲算账的人都已经离开，只剩下几个看过热闹的邻居偷偷用眼角窥着这对父女，再装作若无其事地转开。

父亲没再说什么："先吃饭。"说完就自己进了房。

阿宁不敢吭声，悄没声地摸到厨房，想着寻摸个馍馍能充饥。可打开罩笼阿宁发现，罩笼下，端端正正地摆着一块蜂蜜蛋糕。

"你知道吗，那一刻我真是恨透了自己，"至今阿宁还是无法释然，"可那块蛋糕，也真是甜到了心里。"

但我想，那大概就是一个父亲所能给予的，最大的宽容与爱。

蜂蜜蛋糕做法：

1.准备低筋面粉 100 克，鸡蛋 3 个，蜂蜜 50 克，砂糖 50 克，玉米油 30 毫升；

2.鸡蛋打入碗中，加入蜂蜜，用打蛋器打至蛋液呈鱼眼状，加入一半砂糖，继续打至蛋液体积膨大；

3.加入另一半砂糖，打至硬性发泡（蛋液能拖出小小的尖角），筛入面粉，从上而下搅拌均匀后倒入玉米油，继续从上到下搅拌均匀；

4.将充分混合好的面糊倒入准备好的模具，烤箱预热，中层 180℃烤 15 分钟至表面金黄，待凉后脱模即可。

一汤一饭总关情

我与 Lina 算是多年的好朋友，不过说真的，对于她，我最念念不忘的还是她做的那碗罗宋汤。

Lina 做的罗宋汤是真好吃，哪怕是专门的俄国馆子都烧不出那样好的滋味。据 Lina 说这是家传的秘方，从 Lina 的外婆一辈算起，距今怕也要有几十年的历史了。我偷师不成，只好常去蹭饭。对于我这般的吃货嘴脸，Lina 早就已经见怪不怪，但每次去，一碗酸甜可口的罗宋汤总是少不了我的。

与 Lina 初识是在伦敦，我去录一档面向华人的美食节目，就在唐人街附近的中餐馆里。而 Lina 则是节目的调料赞助商，在唐人街附近开了一爿铺子，专门出售各种调料。

Lina 看起来比我们大不了几岁，起初以为是来录节目的选手，真等聊过天才知道，看起来最多二十六七的同龄人 Lina 竟然已经年近四十，是名副其实的 Lina 姐。

Lina 来英国已经许多年，从二十多岁离家到现在，算算也有近二十年。不过乡音未改，依旧是上海姑娘娇娇柔柔的腔调，讲起话来柔声细语，性格也是难得的温柔爽朗。稍稍接触，就觉得如沐春风。没多时我们就已经打成一片，丝毫不觉得年龄差异有代沟。

熟稔了，大家便鼓噪着 Lina 姐也露一手。Lina 并不推辞，想了想就爽快答应，这样吧，等录完节目我给你们做汤喝。

要说录美食节目有什么好处，莫过于现场食材丰富，条件优越，录完节目的饭菜可以直接撤下来供大家分食，简直就是免费的自助餐。此时节目已经录制过半，菜多是大鱼大肉，缺少一碗汤水滋润。Lina 一说完，大家轰然叫好。

果然，还没等那边录制组收工，这边 Lina 已经开始准备做汤的材料。小牛腩肉切碎焯水，西红柿土豆削皮切块，卷心菜撕大片，面粉加黄油炒香，然后将其一股脑儿地放入锅中，焖了半小时，罗宋汤的甜酸香气就溢了满桌。番茄红艳，土豆绵软，牛腩香嫩，奶油清甜，最后再用罗勒叶子做装饰，真是诱人极了。

后来想想，那天都吃了些什么也记不太清，不过这一碗酸甜绵密的罗宋汤倒真真让我放在了心上。

"哈，怪不得从那之后常常来找我蹭饭，原来那时候你就惦记上了啊！"看我写到这儿，Lina 在一边偷笑。

"那是当然，要是没有罗宋汤，我会大老远跑过来看你？"我故意翻翻白眼。

"切，瞧你这小没良心的。"Lina 姐嘴上这样说着，还是起身去看炉子上小火煲着的汤。

那之后，我们就真正熟悉起来。每次去伦敦，我都少不了去 Lina 姐家蹭吃蹭喝。探望是借口，其实心里的小算盘是趁机再蹭两碗热汤。

不过真等熟了才发现，Lina 做饭挑剔极了。

上海的本帮菜半点不肯做，什么糖醋小排、四季烤麸、响油鳝糊，但凡是重油重烟的统统不擅长，唯独些精致的海派西餐倒做得味道不坏。沾了辣酱油的炸猪排，隔了夜才最好吃的上海咖喱，用鲜蛋黄与洋山芋做的上海色拉，当然还有我心心念念的罗宋汤。一遍统统尝下来，不禁要小小嘲笑 Lina，果然不愧资本主义滋润下的上海大小姐，连做饭都要这样挑剔。

Lina 翻白眼，你别诬陷我，我才不是资本主义人小姐！

好吧，出身陕北农村，直到快十岁才重返上海的 Lina 确实算不得大小姐，真正能称得上上海大小姐的人是 Lina 的外婆。

Lina 是从未见过外婆的。但在妈妈的只言片语里，Lina 多少还是能拼凑出当年的情状。

Lina 的外婆出身富裕，曾祖父曾经是最早一批的留学生。在欧洲拿到学位后，回国做了上海鼎鼎有名的大律师，律师楼就开在当年的宛平南路上，光是办公就占了一整栋洋房。

外婆家住在静安的大房子里，是家中的小女儿，自幼最受疼宠，吃穿都是顶尖的。外婆爱吃西餐，曾祖专门请来一位白俄厨师在家中烹制西餐。外婆最拿手的罗宋汤，就是那时候学会的。

只是，百年富贵水中花。等到母亲出生后，家中早已经不像往昔富贵。唯一还能代代传承的，也只剩下这道罗宋汤。

幸好外公成分算好，因此革命后的日子纵不比当年，可多少也还算过得去。一家人早早搬离了法租界的大洋房，只租住在郊区的小房子里，连随身的行李也只剩了几件中山装。

对于自幼娇惯的外婆来说，这确实是从未有过的苦日子：住在嘈杂的筒子楼，每餐是粗茶淡饭。

不过即使这样，外婆也并没有放弃自幼养成的格调与习惯，总能想方设法在不起眼的地方搞出点花头。

只能穿蓝黑灰的中山装，外婆就悄悄缝个花边收个腰，穿起来照样干练好看。没有了常用的香膏花露水，清凉油也能遍体生香。不能太小资？外婆便拔掉了露台上种着的玫瑰丁香，用花盆养了一盆土豆，一盆番茄，这样就可以给母亲和舅舅常做罗宋汤了。

没有牛肉，就用红肠替代，没有沙司，就直接搁番茄。味道当然比不上白俄厨子那般地道，但对于半辈子未曾受过穷的外婆来说，这一点点相似的滋味大概就是在清贫日子里，她作为曾经的大小姐所能守住的最后的念想。

但母亲可不是外婆一样的富家千金，虽然在那段最是风雨漂泊的年代，靠着外公外婆的护佑，母亲的日子并没有受到太大的影响。

但母亲更接地气，如同那时候所有的普通少女一样，母亲日日所纠结的不过一日三餐能不能吃到肉，过年的时候可不可以多扯两尺布。罗宋汤固然好吃，但总归不顶饱。在母亲看来，与其小心翼翼地煲一碗三两口的浓汤，倒还不如在弄堂口吃碗阳春面来得过瘾。

所以当母亲收到上山下乡的通知时，身边亲人哭作一团。唯独母亲，反而痛快地松了口气。

　　大概那时候的人们都有一种狂热的天真，在母亲看来，她终于可以名正言顺地摆脱这个堕落的、腐朽的、充满了小资产阶级情调的家庭，前往一个崭新的世界。

　　临行前，外婆沉默着为小女儿熬制浓汤送行。牛肉珍贵而稀少，外婆就在黑市上花了大半月工资买了小小的一块。材料虽不齐全，滋味却依旧浓厚。外婆把牛腩与红肠厚厚地堆在母亲的碗里。

　　可谁知道，母亲竟然对一碗罗宋汤大发雷霆。

　　年轻的母亲跳着脚，痛心疾首地数落着外婆这样小资产阶级堕落的生活作风，然后恶狠狠地甩门而去。外婆没说什么，只是默默地收拾起地上的碎瓷片。等母亲再回来，桌子上只留着一碗光面。举筷一翻，面底下压满了牛腩、红肠、鸡蛋。母亲说，那是第一次，她在一碗阳春面里尝出了一碗汤的苦辣酸甜。

　　母亲十六岁离家，离开后没几年就接到外婆去世的噩耗，据说死于意外的煤气中毒。

　　当时的母亲正在千里之外的陕北农村，路远且阻，没能赶上外婆的丧礼。母亲恍然，当年临走前外婆熬的那碗汤，竟成了诀别的见证。

　　再之后，一向叛逆的母亲在陕北结婚生子，对于曾经的日子闭口不提，直到十年后知青返城，母亲才重新回到上海。

　　外婆对于 Lina 家来说是个禁忌，Lina 未曾见过外婆，更无从知晓外婆的脾气性格。但 Lina 知道，母亲一熬汤，那就是在想外婆。

　　可话说回来，Lina 与外婆素未谋面，对于外婆的罗宋汤自然也没有多少的执念。对于 Lina 而言，最好的罗宋汤还是出自母亲之手。

　　母亲并不像外婆一般事事精细讲究，粗枝大叶得完全看不出上海人特有的细腻精致。这点在她的罗宋汤里也可见一二：牛腩没有顶刀切，土豆块洋葱粒也是大小各异，西红柿没有去皮，甚至连最后浇上的淡奶油都划得歪歪斜斜。但这并不妨碍它成为 Lina 心中最好的罗宋汤。

　　冬天早黑的傍晚，放学后的 Lina 走在楼道里就能闻到罗宋汤酸酸甜甜暖暖的香。在夜深人静之时，父母都已经睡下，Lina 还能从厨房摸出一碗罗宋汤做宵夜。对于 Lina 来说，这才是一碗热汤最好的滋味。

　　Lina 回上海后，大舅也曾带她去试过正宗的海派罗宋汤，东海咖啡馆，德大西餐厅，Lina 才知道原来罗宋汤可以做得这么千滋百味。出国多年，Lina 唯一怀念的，还是妈妈临走前做给自己的那碗罗宋汤。

　　历史总是惊人的相似。

　　Lina 在十八岁的时候像当年的母亲一样远离故土。临走之前，母亲手把手地教 Lina 怎样做一碗家常的罗宋汤。煮好后的热汤黏稠红艳，尝一口后，妈妈笑道："当年你外婆做出来的，也是这样的味道。"

　　Lina 说，这大概就是罗宋汤最大的意义，这是属于母亲的汤。不论对 Lina，对母亲，还是对外婆，都是一样。一碗罗宋汤，并没有多少惊心动魄、荡气回肠的故事，只是承载着远行游子的一点点关于家的念想。

　　但我想，这一点点的念想，大概就是食物最温柔的力量。那些难以言述的滋味曾把乡愁镌刻在味蕾的每一个细胞上，一代一代地传承下去。于是不管走得多远，也不论离开了多久，哪怕在千万里之外，这些熟悉的味道也能够给那些漂泊无定的游子们，指引出家的方向。

这不仅仅是食物的力量，也是家的力量。

罗宋汤做法：

1.牛肉焯水，切小粒，土豆、西芹切块，卷心菜撕大片，洋葱切段，番茄去皮切丁备用；

2.汤锅中放入少许黄油，油热后放洋葱爆炒出香味；

3.放入番茄丁，炒软，加入适量番茄酱；

4.番茄炒出汤汁后，加入适量的水，放土豆、西芹、卷心菜，焖煮半小时；

5.汤煲好后加入一勺盐，少许现磨黑胡椒；

6.盛出后可以浇上一勺淡奶油，并撒少许香菜作为装饰。

漫长的告别

1

苏婆婆走了。

虽然所有的人都知道，迟早会有这一天，可谁也没料到它会来得那样快。

那其实是很平常的一天。早上苏婆婆还喝了一碗小米粥，吃了半块粢饭糕，虽然渣子撒了一桌，但吃得很香。可到了晌午，晒太阳打盹儿的苏婆婆，竟突然就没了生气。

苏婆婆走得很平静，午后的阳光下，她睡得安详。临时搭建的灵堂里布满了白色和黄色的雏菊，黑色的布幔和嘈杂的哀乐，让罗安生出一种荒谬的平静感。亲戚朋友身着或黑或白的衣服，拉着罗安的手："老人年纪也大了，算是喜丧，请你节哀。"一遍一遍，如同严肃的荒诞剧。

而罗安就在这异常沉闷而严肃的环境里，默默地走了神。望着苏婆婆安静沉睡的面庞，罗安羞愧地承认，在这一刻，她产生了一丝隐秘而可耻的解脱感。

2

罗安是苏婆婆唯一的孙女。罗安父母离异后，罗安便依附于祖母膝下，算得上是与苏婆婆相依为命。

苏婆婆年轻的时候，据说是十里八乡出了名的美人。但对于罗安来说，年代过于久远，不可考证。在罗安的记忆里，苏婆婆始终是那个一头银发梳得整整齐齐的、衰老而慈祥的妇人。

苏婆婆的一生算不上顺遂，大抵是应了红颜薄命那句老话。苏婆婆幼而失怙，中年丧夫，及至临老，唯一的女儿又离了婚远走他乡，只在苏婆婆膝下留下了小小的罗安，算是唯一的慰藉。

不知道是不是隔辈亲的缘故，苏婆婆从小便将罗安捧在了手心里。在罗安的记忆里，外婆总是笑眯眯地看着罗安，不管罗安再怎么淘气都不会真的生气。可是尽管如此，越是长大，罗安就越是不愿同外婆亲近。

罗安对于外婆的感情很复杂，一方面，外婆确实把罗安照顾得无微不至，从小到大，尽管罗安父母都不在身边，一切衣食住行都由外婆一手打点着，可外婆竟一点儿都不比其他家父母差，让罗安从来都舒舒服服、体体面面。在这程度上，罗安打心眼里感激。

可另一方面，大概还是虚荣心在作祟。跟别人家年轻又博学的父母比起来，外婆实在是衰老而普通的泯然众人。从初中开始，罗安就不再跟外婆说学校里发生的事情了。外婆没读过什么书，早早地辍了学，到死，她也不过只会写百十个字，和自己的名字。

自从罗安上了高中，小学文化的外婆就越发地跟罗安说不上话。罗安的高中课本对苏婆婆来说简直就是天书，每每罗安兴高采烈地提起什么学校趣事，可一转眼见到外婆呆若木鸡只会点头的样子，罗安就觉得索然无味。渐渐地，罗安就真的什么都不想说了。那时候，每次看到同学的父母耐心地帮忙讲解题目，罗安就羡慕得不得了。

"父母都在多好啊，"罗安想，"哪怕是考砸了被揍一顿呢？"

但罗安显然是没有这个机会了。外婆虽然文化程度不够高，但平日里最喜欢看自家小孙女写字阅读。她总是带着点敬畏的心理摆弄罗安的旧课本、练习簿，见天地拉着罗安的手唠叨："哎呀，伢子你可是赶上好时候了，你看这笔啊纸啊，多好啊！你可得好好上学，好好用功，以后有出息！"说罢，抚着罗安的手叹气，"可怜的孩子，就是你爸不要你了。我家伢子多好的娃啊，怎么就不要了呢？"外婆浑浊的眼睛里泛着泪光。

这样的话说得多了，一次行，两次行，可天天被自家外婆这样唠叨着，罗安怎么会不嫌烦？何况父母的离异本来就是罗安心中最大的逆鳞，每一次都被这么血淋淋地掀开，罗安越发地不耐烦外婆那盛着怜悯的眼神。在某次外婆又拉起罗安的手时，罗安终于忍不住一把甩开了外婆的手。在外婆惊讶而受伤的脸色里，罗安飞也似的甩上了屋门。

从那之后，外婆果然很少再提起这事情。

外婆一腔无处释放的心思，从此都花在了罗安的衣食吃喝上。

外婆会做饭，在各色面食上天赋异禀。外婆手巧，每餐的主食都翻着花样：今天是馒头，明天就烙饼，后天还能擀面条。罗安可以连吃一个月不重样。年节的时候外婆还会做花样百出的花馍馍，雪白的面团在外婆手里灵蛇似的变幻出各种模样。外婆从集市上买了枧水、胭脂，拧了菠菜汁，调了南瓜泥，手中三两下，裹了大枣的大馒头就做出了形状，馒头上锅一蒸，香气瞬间就弥漫了整间屋子，那是罗安记忆里最香甜的零食。

罗安最爱的，是外婆包的饺子。

北方人向来有年节吃饺子的习惯。老话说好吃不过饺子，每年冬至新年，家家户户都响起剁砧板的声音。孩子们就知道，吃饺子的时节又到了。

饺子这东西，看起来简单，但最考验手艺不过。对于包饺子，苏婆婆有特殊的技巧。饺子顶好吃的还是白菜猪肉馅。过冬打过霜的大白菜从仓库里搬出来，先切后剁，细细地斩成碎碎的馅儿，取三成肥的猪后座，乱刀斩丁，有大块的肥油是最好。白菜加猪肉，放猪油、酱油、精盐、胡椒粉和少许的糖，打一个鸡蛋和匀，就可以开始准备皮子。

面皮往往是外婆提前一晚准备好的，醒过一晚最有嚼劲。别看苏婆婆年纪大，可擀起面皮却比小媳妇还利索。唰唰唰，面皮白练似的飞出来，又薄又匀，最能包出皮薄馅儿大的饺子。外婆人实在，饺子更实在，比旁人家的饺子大了半头不说，馅料也撑得鼓囊囊，在热水锅里一煮，就像浮了一锅月牙儿一样的白胖子，很是喜人。

跟别人家干瘪瘪的饺子比起来，外婆舍得放肉，又包得紧实。一口咬下去，满满的一口汤汁溢出来，和着霜打大白菜的鲜甜，别提多带劲儿。这样的饺子，罗安一口气能吃二十个，直到肚皮滚滚胃里撑撑才停得下来。

很多年后，当罗安回想起苏婆婆的时候，总是记不清苏婆婆模糊的脸。明确清晰的，反而是那一口热气腾腾的猪肉白菜饺子。

3

罗安毕业以后，很顺利地在北京找到了工作。

罗安对北京的生活挺适应的，毕竟这里有同学，有朋友，还有各种讲座、展览、音乐会……就算加班堵车还有雾霾。生活比她所抛弃了的小城精彩太多。

罗安唯一放心不下的，还是外婆。

虽然罗安并不觉得跟外婆有太多话可说，但怎么讲呢，毕竟血浓于水。罗安知道，外婆再如何笨拙，但对她的一颗心，总是真的。

出乎意料地，苏婆婆拒绝了搬到北京与罗安同住的提议。其实这也是在罗安的意料之中。罗安知道，外婆是心疼自己。

外婆曾经来北京看过罗安。那时候罗安刚工作，一个月拿三千八的税前工资，在同届毕业生里，这算高的。但每个月刨去社保公积金，衣食住行零花钱，罗安也只能和四五个人合租在五环外的回迁房，每天赶一个半小时的公交车去上班。

回迁房统共两室一厅，客厅被房东用隔音板分成了两个隔间，罗安一个月花八百块钱租了里面的一间，每天晚上都能伴着隔壁室友跟男朋友的电话声恍惚入睡。合租房自然空间有限，为了外婆，罗安咬了咬牙，买了上下双人床。下床略大，可以给外婆住，上铺窄小，罗安翻身都困难，不过为了能和外婆在一起，168厘米的罗安只好将就。

罗安不是没想过自己租一间房子，哪怕是正儿八经的一间卧室，这样也好把外婆接过来照料。可看看兜里的钢镚儿，那也是以后才能想的事情了。

外婆与罗安在这件小小的隔间里蜗居了三个月，就提出要回家。"家里天大地大的，哪里不比你这小破地方强？"外婆难得强硬一把，"以后你也不用寄钱给我，我硬硬朗朗地花不了什么钱。你多买点吃的喝的，别委屈了自己，有了钱换个好房子住，我心里也踏实。"

外婆住在这里的三个月里，曾找来了邻居家不要的塑料泡沫盒子，从小区楼下盛了土，种了满满一盒子小葱。外婆临走的那晚，割了小葱，给罗安包了满满一塑料盒的饺子放在冰箱，说是罗安下班晚，留着当宵夜。

外婆临走前拉着罗安的手絮叨："伢子一个人好好的啊，不用挂念外婆，你要是哪天想回来，外婆都等着你。"顿了顿，"等着你。"

罗安知道，外婆还是舍不得自己。但那又能怎么样呢？罗安摸了摸口袋，她租不起大房子。

所以，外婆究竟是从什么时候变成了这般模样了呢？罗安困惑地回想，却发现自己竟也记不清。

最初的时候，外婆只是记性不好。大概终归是上了年纪，丢三落四也实属正常。外婆总是想不起昨天别好的那团线究竟让自己放在了哪里，罗安在家的时候，总是忙于帮外婆在犄角旮旯里找寻莫名其妙失踪的剪刀、线团、抹布、锅铲……每次从罗安手里接过这些零零碎碎的小东西，外婆就要长叹一声："老了啊，老了啊。"

后来外婆记性越来越不好，前两分钟才说过的话，转头就被忘了一干二净。就连做饭，也总做到一半就忘记了刚刚是不是加了盐。那段时间，外婆做出的饭菜味道总是奇怪得很，不是咸得齁死人，就是淡得没味道，连以往包得有滋有味的大饺子也没了以前的滋味，煮出来不是半生，就是煮掉皮。

可又能怎么办呢？罗安望着外婆无辜的表情也没辙，最后只好找了便签纸，把每天外婆要做的事情一一写下来，贴在家中各处。还好外婆家离北京城也就个把小时的车程，罗安时时勤回去着，倒也还顾得及。

再后来，外婆丢了。

接到消息的时候，罗安正在公司里伏案加班。罗安公司向来有加班的劣习，工作到十一二点简直是家常便饭。所以当罗安在电话里听到外婆丢了的消息的时候，一度以为是自己缺乏睡眠产生了幻听。

等罗安连夜坐了几个小时的车赶回老家时，苏婆婆已经被村里人在一处漏风的破板屋里找到。大冷的天里，苏婆婆只裹了一件薄棉袄，一动不动地坐在人群中央，手足无措得像个孩子。任凭周围的人如何劝、怎么问，苏婆婆都只是颤抖着嘴唇，既不肯说话，也不肯挪地方。等罗安心情躁郁地赶到现场，看见外婆一副可怜巴巴的模样，连日来的疲惫、一路上的担忧终于汇合成一腔邪火，在那一刻爆发了。罗安失态地冲着外婆吼："你是怎么回事？大晚上的乱跑什么？你是嫌我还不够烦一定得弄出点什么事儿是吗！"

外婆嗫嚅着唇，小小声："伢子，外婆不是故意的，我就是不知道怎么回事，就突然找不回来了。"

"知道自己记性不好，你就不会老老实实待在家里别出来吗？你说，有什么天大的事非得你大晚上的一个人跑出来？"罗安余怒未消。

"……"

"说啊！"

"……我就想去后院拔棵白菜，给你包盒饺子。"

4

阿尔茨海默综合征，究竟是怎样的一种东西呢？

在看到外婆的诊断报告之前，罗安和我，和你，和所有人一样，对这个恶魔一无所知。直到罗安挽着外婆站在医生面前，罗安还有点摸不着头脑：这个阿……阿什么究竟是何方神圣？

"就是老年痴呆。"医生一句话打破罗安的幻想。

阿尔茨海默病，是一种神经退行性老年痴呆，多发于中年或老年早期，以缓慢进展的痴呆为主要表现，在患病初期会出现记忆丧失，认识能力退化，然后逐渐地变呆变傻，甚至生活完全不能自理。临床痴呆病例多数可归因于本病。AD 患者大多因感染、营养不良、肺炎或心力衰竭死亡。目前无治疗方法。

罗安看着百度百科上的白纸黑字，有点眩晕。罗安不是没开玩笑地说过外婆，老是丢三落四，是老年痴呆了吗？可谁也没想到，一语成谶。

罗安火速退了八百块的出租屋，咬咬牙租了城郊区的一居室。即使这样的房子让罗安每天的通勤时间上升到可怕的 5 个小时，但外婆这样的病，是离不了人的。

起初外婆只是丢三落四，但这并不是什么大毛病。罗安想得很简单，以为只要把外婆牢牢锁在家里就好。可外婆的脾气也变得越来越古怪。外婆仿佛是变了一个人，但凡鸡毛蒜皮的小事，稍有不顺就能惹出这个衰老女人的熊熊怒火。打、骂、摔东西，好端端的一个家被外婆弄成了台风过境般的凌乱模样。

外婆曾经是非常温柔和善的人，与一般北地女人的大嗓门儿不同，外婆说话从来低声慢语。这么多年来，罗安从来没有听过外婆与谁高声起过争执。罗安家中留有外婆年轻时候的照片，也是外婆这辈子唯一一张年轻时的照片。照片上的女人冷静而端庄，眉目间散发着温柔的光。

而现在呢？苏婆婆的人生被这种恶魔一般的病症一分为二，在短短的来不及反应的时间里，从罗安记忆里没什么文化却永远慈祥安静的老妇人，变成了眼前衰老而刻薄的模样。她常常皱着眉头嘟嘟嘟囔囔地抱怨，挑剔而尖锐地对罗安每一件事情指手画脚，稍有不顺就随手抄起手边能拿到的任何东西掷向罗安，甚至有一次，她直接丢了一把水果刀。

罗安越来越觉得，外婆是真的不再认识她了。或者说，外婆不再认识任何人。即使是在家里，外婆也总是警惕而敏感。她常常缩着肩，躲藏在卧室的阴暗角落，用如同母狼一般机警的神色打量进进出出的每一个人。现在罗安完全无法靠近外婆，站在一米开外的地方，外婆就能暴起伤人。用手打，用指甲抓，用牙齿撕咬……罗安在无数个夜里摸着身上被打出来的青紫痕迹困惑地想，眼前这个脾气暴躁的女人，真的还是自己当年的那个外婆吗？

不是没想过送外婆去养老院，尽管一个月三五千的费用对罗安来说是沉重的负担，但更残酷的是外婆的行为连养老院都无力承担。刚入院的第一周，外婆就把临床老人的脸抓了。院方无奈，只好把苏婆婆一个人锁在楼上的小房间，用粗毛巾牢牢地捆紧。罗安去看外婆，在狭窄的小铁窗里，外婆被一个人孤零零地绑在床上，双眼浑浊而无望地看着一方窄窄的天空，嘴里嘟嘟囔囔地不知道在说什么。

那一刻，罗安掉下泪来。这是一场绝望而漫长的告别，不论对于罗安，还是外婆，都是生命中最残忍的折磨。

罗安还是把外婆接回了家，尽管对于外婆来说，这世上可能再也没有一个地方，可以称为家。

外婆真的谁也不认识了。有时候罗安读书，看伊恩·麦克尤恩在他的《星期六》中写："母亲已经丧失了期望的本能，当他站在她面前时无法准确地认出他来，甚至他走了，母亲也不会记得他曾来过。"罗安有时候看着床上那个脾气暴躁、神情漠然的老妇人，绝望而疲惫地想，我的外婆呢？真的已经走了吗？

罗安开始搜集一切有关阿尔茨海默病的资料，从医疗著作到巫医偏方，罗安终于完全明白，为什么会有那么多绝望的患者家属会把金钱、时间和精力都奉献给那些令人怀疑的古代偏方、中医疗法，甚至是速成神功。

因为罗安知道，治好这病真的太难了。

在那段时间里，尽管罗安已经能阅读大本艰难晦涩的医学书籍并娴熟地与医生探讨病情，但罗安内心依然盼望着祈求着，能够有什么金罗大仙救外婆一命。

后来，罗安在电视上看见了一则"关爱失智老人"的公益广告。广告里，儿子尴尬地发现老父亲将餐桌上的水饺直接装进口袋，他是要将水饺带回家给儿子吃。在那一刻，罗安长久以来酝酿的情绪汹涌而出，蹲在地上号啕大哭，她多希望外婆有一天还能清醒，有一天还能再给自己包一饭盒饺子。

可现实里，外婆只是漠然地看着她，如同一个冷冰冰的怪物。

罗安看某位作者在书里这样写道，"与失智的母亲交流，等同于捧着鲜花到墓地里去"，大概就是在那一刻，罗安意识到，外婆真的早已离去。

她的外婆已经死了，尽管躯体仍在人间。

5

这真的是一段无比漫长的旅程。罗安看着至亲在自己面前一点点被蚕食，被溶解，被消化，最后变成一个面目可憎的陌生人。

后来罗安已经开始习惯和麻木于这样的生活。罗安与护工一起给外婆喂米糊糊，翻身，按摩手脚，换洗臭气熏天的衣物……其实想开了，外婆也并不是那么地难以讨好。现在的外婆就像一个小孩子，一小块蛋糕就能轻易让她笑逐颜开。相对的，一点点不满也能让她大发雷霆。罗安总是尽量耐心地安抚外婆，抱着她，哄着她。可心中长久以来的疲惫与绝望，未曾减少一丝。

所以当外婆真的走到生命的尽头，罗安心中是真的，松了口气。这不仅是外婆的解脱，也是罗安的解脱。

外婆的葬礼结束后，罗安微微地吁了一口气。长久的压力让罗安又饿又累又困。罗安顾不上悲伤，她只想随便找点儿东西吃，然后去睡觉。罗安翻遍了家里的角角落落，才发现空空如也。家中除了两瓶酒，什么都没有剩下。后来在冰箱的角落里，罗安找到了一个塑料盒，打开后发现，里面歪歪扭扭放了几枚丑陋的饺子。罗安实在记不得，自己什么时候曾经包过它。

罗安打电话给护工。护工并不在意："哦，那大概是苏婆婆自己包的吧。前两天苏婆婆哭着闹着要包饺子，我耐不过她，就随便给了她点儿面团玩。"

那是罗安在外婆走后吃的第一口热汤食。

罗安取出那盒饺子，解冻，做高汤。饺子的热气扑腾开来，仿佛年轻时候的外婆望着罗安说道："伢子，来吃饺子。"

饺子的香气里，一直麻木的罗安失声痛哭。在这一刻，她才终于反应过来。外婆走了，那个最爱自己的人，真的走了。

这是一场无比漫长的告别，从肉体的消亡，到灵魂的溃散。在苏婆婆傻了的那一天开始，罗安曾以为这就是终点。但罗安不知道的是，就算苏婆婆忘记了一切，却从未忘记过自己的小孙女。

在最后的这个夜里，罗安突然想起了虔诚的外婆曾吟喃过的福音书：

爱是恒久忍耐，又有恩慈。

爱是不嫉妒，爱是不自夸，不张狂，不做害羞的事。

……

凡事包容，凡事相信，凡事盼望，凡事忍耐。

爱是永不止息。

饺子做法：

1. 准备大白菜、猪里脊肉、少量猪五花肉，葱、姜、蒜切末备用；

2. 白菜剁碎后用手稍攥一下出汁，猪肉切成小的肉丁；

3. 将白菜、肉馅、葱、姜、蒜末混合；

4. 肉馅儿中加鸡蛋一枚，酱油、蚝油各一勺，盐、胡椒粉少许；

5. 拌匀后的肉馅儿加入少许香油，搅拌，静置；

6. 将面粉与水混合成光滑的面团，用纱布盖好，醒制半小时；

7. 面团充分揉匀，搓成长条状，切成大小均匀的小剂子；

8. 小剂子压扁后，用擀面杖擀成薄而均匀的面皮；

9. 冷水下锅煮饺子，水开后加入一碗凉水，再次煮开后饺子浮在水面上时即可盛出；

10. 食用时，可根据自己口味加酱油、醋、蒜泥、香油等料。

4

记忆深处有故乡的味道

年华似水　岁月鎏金 _

不管命运最终为你端上的是锦衣玉食还是素面一把 _

故乡的味道始终是心中挥之不去的记忆 _

即使是一碗普通的牛肉面 _

意义同样非凡 _

孤独的人都要吃饱饭

　　我与安娜并不能算熟识，说到底，也只能是萍水相逢的陌路人。

　　安娜来自祖国边陲的某个小县城，却取了个不中不洋的外国名儿。好在安娜倒实实在在是个洋气的姑娘，也算是人如其名。刚跟安娜认识那会儿，我刚被该死的骗子骗去了卡上的6000多块钱，正是沮丧郁闷六神无主的时候。

　　可别小看这笔钱，那可是我半年的生活费。本来家中就不算富裕，钱丢了也不敢跟家里人说，只能暗搓搓地大骂骗子、狂扎小人。可明里还得硬撑着，靠着手上仅有的几百块钱过日子。所以怎么弄到钱就成了我的当务之急。家教做不了，发传单钱太少，最后还是在学姐的指点下找到了一份在大酒店端盘子的工作，偶尔也客串一下礼仪小姐。

　　去之前商量好了工资，一天从早上九点干到晚上十点，两百块钱管顿饭，一周后钱打到账户里。我心里庆幸，找到了这样好的工作，只要面带微笑站上几个小时就有大把毛爷爷入账，实在是再划算不过了。

　　可真等去了才发现，显然我还是太天真。十厘米的高跟鞋，穿上如同人鱼公主脚尖的匕首，不多时就摇摇欲坠、痛彻心扉。

　　那时安娜就站在我旁边，见我龇牙咧嘴地左右倒腾，也咧着嘴跟着笑了："你这是第一次穿高跟鞋吧？一开始都这样，习惯就好了。"

　　她瞅了眼我，啧啧："可姐妹你的鞋跟也忒高了吧，要不然你脱了算了，反正裙子够长。"

　　"这都行？"我瞪大眼睛看她。

　　她豪气地挥挥手笑："真没见过你这么死性的，干这行你可得学会偷懒，要不然穿一天高跟鞋下来，脚早废了。放心，晚宴快开始的时候你再穿上就行。"

　　说着，她悄悄掀起长长的裙摆。哈！原来她也没穿高跟鞋！

　　这就算是认识了。

　　女生的友谊往往就开始于互相交换的小秘密，我与安娜迅速产生了一种布尔什维克式的天然的革命友情。等到吃晚饭的时候，我们俩已经是形影不离。

　　说是吃晚饭，其实也就只有短短的半个小时。成箱的盒饭堆在白色的塑料泡沫箱中，每人上前拣盒菜，配上一盒饭一瓶水，就是简单的一餐。

　　说来也巧，我与安娜的休息时间也被安排在了一起。我们职责特殊，主管特意吩咐了不能离开岗位太远，便只好窝在前台的柜台下面凑合一顿。

　　那柜子实在说不上大，窝进去就只能蜷着身子，连头都抬不起来。等我找到地方的时候，安娜早不知道从哪里变出两张报纸铺在柜子下的地面上，坐在里面兴高采烈地冲我招手。

柜子底下空间极其小，人一窝进去就几乎没了多少富余的空间。好在我与安娜都还算苗条，挤在一起倒还显着亲热。

侍应生的晚餐着实是简陋。掀开盒盖才发现，所谓一荤一素的盒饭也就只是一份青椒炒肉丝，外加一份寡油少盐的清炒油菜。

出来打工，我是第一次见识这样的盒饭，心里多少默默吐槽着，"这比南区食堂的饭菜可还差远了"，于是神色里就不免带了些恹恹。就算有安娜在旁边跟我胡吹乱侃做下酒菜，这样的菜色也实在让人提不起胃口。我一边听着安娜在旁边眉飞色舞地讲当年如何在色眯眯的胖老板手下虎口脱险，一边兴致聊赖地拿筷子戳手上的盒饭。

实在不能怪我挑食，我素来不爱吃青椒，更何况这样做得烂乎乎、软趴趴的青椒肉丝！倒是安娜，一点儿也不挑剔，吃得是指点江山、豪情万丈。话题不一会儿就换到了曾经她是如何在几百个模特里面脱颖而出，夺得了某次车展一个档次极高的厂商的青睐。安娜一边说着一边迅速把一盒盒饭吃了个精光，罢了还东张西望，一副意犹未尽的样子。

我见状忙问她："怎么样，还要点儿不？我这还没动。"

"你不吃？没胃口？"她惊讶。

"唉，其实也不是，"我突然觉得有点惭愧，"我不喜欢吃青椒嘛。"想了想，我得解释一下，"其实我平时不算挑食，可就是青椒，实在是吃不下。"

她没说话，瞅了瞅我，突然乐了："要说咱俩还真像哈，我也死烦吃青椒。"

咦？我怀疑地望着她那盒吃了七七八八的青椒炒肉，这叫不爱吃？

她看出了我的疑惑，于是笑笑。

要说安娜以前在家那阵儿，也算是娇生惯养的大小姐。

"没那公主命，还有公主病"这句话对安娜来讲确实是真实写照。连安娜都骂那时候的自己，简直作死了。

挑食不过是小毛病，除了青椒一碰就吐之外，另有大葱、老姜、蒜苗等等菜沾不得，一沾就是要触了安娜逆鳞的。于是以前在家那会儿，安娜妈简直要把小女儿捧到天上。不吃？没关系，做好了饭，安娜妈就一点一点把花椒、姜丝给安娜挑出来，好说歹说劝女儿赏脸吃两口。

除了安娜妈，安娜的男友也惯她。那时候安娜在家乡有个千依百顺的男朋友，安娜人长得漂亮，男友自然也小心翼翼地伺候着，生怕惹了安娜不高兴。千依百顺到什么地步呢？安娜的每一餐饭，倘若男友不提前把葱、姜、蒜剔出去，安娜可是要发火的。

那时候的安娜，过得可真是老佛爷的日子。

不过，至于现在……

"男朋友啊？早分了。"她一边吃着我盒子里的青椒肉丝，一边满不在乎地说，"再想挑食，那也得有资本不是。"

大学毕业后，安娜仗着一张尚算得上漂亮的脸蛋，独自来到北京闯荡，一心想成为电视里面的超模明星。刚来的时候，安娜信心万丈，可真等来了，安娜才发现，自己原本引以为豪的是多么不值一提。

坦白讲，安娜确实是个漂亮姑娘，安娜有着175厘米的个头儿，高耸的额头与尖削的下巴，一水儿的烟熏妆下来，整个人也如同被烟笼云罩一般，影影绰绰的是个美人坯子。只不过，唉，怎么说呢，就跟她的名字一样，安娜美则美矣，却美得千篇一律，算不得出挑。

在家乡，安娜大概还能过过众星捧月的小日子，只是在北京这样的大城市里，美女从来都不是稀缺资源。倘若安娜再多个几分姿色，步入美色的行列里，兴许倒可以过上看脸吃饭的日子，可就是少了这几分姿色，安娜便只能安安分分地做美女中的普通人，靠自个儿摸爬滚打，混口饭吃。

超级模特是做不成了，安娜又不甘心，只好有一搭没一搭地接些小活聊以谋生。

居京城，大不易。安娜刚来北京那会儿，虽说隐约也知道自己并不是原以为的那般出挑，可二十几年的老毛病可不是那么好改的，安娜还是挑。

一场活动下来，安娜对着盒饭不是嫌弃菜咸了淡了，就是嫌弃里面放了青椒、芹菜、香菇、韭菜，遇着不合口的，也要悄没声地扔掉。

可是没办法啊，做这行一站就是十个小时，可盒饭就那几种，你嫌弃，总有人不嫌弃，难不成饿着站上几个钟头？何况这行就是个辛苦活儿，赶个面试恨不能早上五点出门晚上十点才到家，又哪儿有功夫挑剔？安娜被狠狠饿了几次之后，终于学乖。

要说这人啊，就是贱。原本在家里左挑右挑还总不满意的安娜，终于被生活逼着要想法子戒掉自己挑食的坏毛病。安娜治自己的办法也颇具创意："要不你猜猜？"安娜洋洋得意。

我摇头，这可猜不出来。

她就笑："其实也没什么，就是有一个月，我就天天逼着自己光吃青椒炒肉。饿了总归要吃饭吧，吃饭就吃青椒。煮的，炒的，炸的，煎的，一开始那个吐啊，一盒菜动不了两口就吃不下啦。可不吃就饿啊，饿了就接着吃剩下的青椒炒肉。嘿，你还别说，没到一个月，我这臭毛病就治好了！你说牛不牛！"

她满脸上都是"姐牛不牛啊，快来膜拜姐吧"的神气，可我只觉得心酸："何苦呢，不想吃就换口菜，干吗非要这么逼自己？"

这回她不笑了，想了想，抬起头认真地看着我："你知道我最多试过几天没吃饭吗？"

怎么换到这茬儿了，我心想。"不知道，不过，你在减肥？"

"减什么肥，纯粹是没钱逼的！"她哂笑，"说出来恐怕你都不相信，有一次，我三天就吃了一包饼干、一盒泡面。当时我全身上下就剩下不到三百块钱，月底房子到期，要不是后来找了个活儿应急，我连下个月的地下室都租不起。"

我惊讶，可转脸想想也是，做模特这行听起来是挺光鲜，但像安娜这样野模，北京何止千千万。说是靠脸吃饭，可全国各地的小姑娘就像初春的韭菜一样聚集在京城，割了一茬还有一茬，都水灵灵得一掐就嫩得出水。哪次去面试一个通告不是几十几百个人去争？随便一场面试都和宫心计似的，挣钱不多操心不少。就算想靠脸吃饭，在北京能吃上也难。

挣钱不多也就算了，可有时候安娜也委屈。明明是早上五点起床，晚上十点才到家的工作量，却非得被人在背后说是好逸恶劳、不思进取。明明安娜是连夜店都没去过的好姑娘，可总有人听了她职业后就对她指指点点。

用安娜的话说，她算是拿着卖白菜的钱，还挨着卖白粉的骂。

"那为什么一定要在北京？在家不好吗？"我不解。

"在家当然好啊，谁不想在家呢？实话告诉你，我前两天做梦都梦见在家里，我妈给我做了青椒肉丝，然后我特矫情地说：'我不吃青椒，倒掉！'"安娜笑笑，"可是，在家挣不着钱啊。挣不着钱，谁去出我弟的学费，谁来付我奶的药费，谁去给我爸我妈养老？难不成我妈都五十多的人了，我还让她再出去扫大街？"

"想想这些，想想下个月的房租，再想想明天的伙食费，别说是一盒青椒炒肉，还有什么是你吃不下去的？"安娜总结道，"这人啊，矫情都是自己惯出来的，可你要真是矫情起来，又哪儿能熬得过这样的日子！"她一副过来人的样子教育我。"所以，我妈说了，这日子就得泼辣辣地过，菜也得泼辣辣地吃，这样你才不觉得苦，日子也才有的奔头！"

说完安娜收起盒饭，推推我："别傻了，赶紧起来干活！"

对对，起来干活！我爬起来。安娜说得对，也许绝大多数的时候，生活就是在强人所难。可那又怎么样呢？没心没肺、盲目乐观其实是一种天赋，因为就算命运分给你的食物是如何地不堪下咽，可你知道，日子照样得泼辣辣地过，青椒肉丝也得泼辣辣地吃。所以大概到了最后，你也就能把所有的辛苦，都酿成甜。

青椒肉丝做法：

1.青椒、里脊肉切丝备用，肉丝可用少量水、淀粉、生抽腌渍；

2.热锅坐油，放入葱、姜、蒜、花椒、干辣椒炝锅；

3.放入腌好的肉丝炒至发白，并放入少许老抽上色；

4.放入切好的青椒丝，加入少许生抽、盐调味；

5.炒至断生，盛出即可。

没有辜负的青春

　　我每次想起 Jessica，哦不，现在应该叫菜菜，我总会不由得升起一种人生无常的幻灭感。

　　菜菜是我们学校当年的风云人物，在菜菜还只是个高中生的时候，就已经堪称一时传奇。作为她家乡那所边陲小镇里的小破学校建校以来唯一一个省级高考状元，无论是当年一直被菜菜霸占的全市头把交椅，还是至今仍整整齐齐放在菜菜高中荣誉室里数不清的奖杯，那句老话怎么说来着？尽管菜菜已经不在江湖很多年，可江湖里依然流传着菜菜的传说。

　　据说，至今菜菜母校的后花园里还立着一尊刻了菜菜大名的功绩碑，供每年新来的学弟学妹们瞻仰赞叹，顺带让校长和老师们在主席台上将菜菜的光辉事迹絮叨一遍又一遍。

　　当然，顺理成章升入名校的菜菜自然就是小镇上下出了名的"别人家的孩子"，据说在菜菜家乡里，菜菜的名气比县长都还大，每每考试升学的时候，菜菜家都会挤满了八竿子打不着的亲戚朋友。也不为别的，就为了让自家孩子来菜菜家沾点喜气，指不定回去也能来个超常发挥。

我们取笑菜菜。她的功能大概与大年初一摸佛脚、妇人求子摸观音有着异曲同工之妙，算是个活动的喜气释放机。

说真的，虽说我与菜菜做了几年室友，可仔细想想还真不算熟悉。有的人能倾盖如故，那么白发如新也就不算什么稀奇。

菜菜实在是太耀眼。菜菜几乎花了所有的时间在社团活动和阅读上。菜菜几乎自成一体，隔绝于我们这帮普通的学渣。

再然后，再然后便是毕业散伙，分道扬镳。不出所料，菜菜拿了名校全奖，投奔了美帝读金融，我们一屋子人各奔东西，几年下来也没有多紧密的联系。可依着我们想，像是菜菜这种聪明得让人恨得牙痒痒的人物，想必是前程似锦：拿下 CFA，投奔高盛摩根，当上 CEO，嫁给高富帅，走向人生巅峰……这才是学霸应有的人生。我们曾经以为，菜菜这样辉煌的人生大概永远都不会与我们这种庸庸碌碌的平凡人有什么交集了。

所以当我听说菜菜最后居然回家继承起爸妈的拉面馆，心中的百般滋味简直难以言表。

再见菜菜是在某个深秋，地点就在菜菜家不到十个平方米的小拉面店里。破旧油腻的小店桌子上泛着油光，牛肉拉面的香气一团一团地蒸腾出来，凝结在大西北秋天寒冷的空气里，给整个店面都笼罩上一层可疑的光晕。菜菜裹了厚厚的羽绒服在面摊前招呼客人，脸上堆满了笑，半点儿没有当年的清高傲气。

见我过来，菜菜便隔着深秋的雾气远远地冲我打招呼。走进了才瞧见，她裹了淘宝上不超过 300 块的羽绒服，颜色暧昧的袖套上沾了不知名的油渍。手包倒还是 LV 的，不过一看那别别扭扭的走缝，初步判断定然值不了 100 块钱……这与我当年认识的菜菜绝对判若两人。

当年菜菜是什么样儿来着？我面对着菜菜一身土到家的村妇打扮，无语地想。

哦，我曾见过菜菜在金融街实习时候的照片，那时候她还不叫菜菜，起了个别别扭扭的英文名，叫 Jessica。彼时她刚拿了高盛的 summer associate，正是意气风发。那时候的她，穿杜嘉班纳的蕾丝铅笔裙，MaxMara 的驼色大衣挥挥洒洒，脚踩 RV 经典款 10 厘米尖头高跟鞋，高瘦得仿佛一只骄傲的鹭鸶。于是再见这样的菜菜，便恍惚间有了落架凤凰的感慨。

不过菜菜倒是浑不在意，她奋力拨开早市摊子里熙熙攘攘的人群，从琳琅满目的油条、油饼、豆腐脑、臊子面、酸辣汤中杀出了一条路来，走到我面前。

"老久不见了啊！"几年不见，菜菜的伦敦音早退化成了陕西土话，风一吹就散成了满地土渣子，"吃了没？"

我摇头。菜菜顺手就在摊子上给我盛了碗牛肉面，狠狠地堆上牛肉、萝卜片："先吃着，先吃着，等我忙完哈！"说完就丢下我，无比热络地冲着刚进门的大妈满脸堆笑："哟，大妈您来啦！慢点走，找地儿坐，还是老样子？"

我无奈摇摇头，低下头去吃我碗里的牛肉面。

意外的是，这牛肉面味道还真不错。自家熬的浇头汤浓肉厚，大块的牛肉浸泡在深褐色的汤汁里，煮到近乎透明的白萝卜沉沉浮浮，浸满了牛肉的鲜香味儿。

以前虽然早就听说菜菜家经营着一家还算红火的牛肉面馆，甚至连秘方都是花了几万块钱买来的独家老料，可这么多年下来，我们也并不曾吃到过一次菜菜亲手煮的面，哪怕是说好了一人一菜的同学聚餐。

不过想想也能理解，毕竟是天之骄子，菜菜从小虽然生在小县城，却也是十指不沾泥。更何况自打菜菜开始实习有了工作，那点子叫外卖的钱也就真算不了什么。仔细想想，我这还真是第一次享用菜菜的手艺。

"怎么样，味道不错吧！"菜菜擦着手坐到我身边。

"忙完了？"我望望四周，只一会儿的工夫，店面就过了早餐的高峰期，只稀稀疏疏地坐了几个老客。

"你倒是什么时候学了这么一手好厨艺，看不出来啊！"我打趣。

菜菜满不在乎，大手一挥："这不是回来开饭馆嘛，没两把刷子怎么能行。"

"话说回来，"我用筷子有一搭没一搭地戳着碗里的面，"你怎么会突然想起回家开店了？"我放下筷子，"你不一直想要去美国住大房子拿绿卡吗？"

"……"菜菜沉默了一下，"这事，说来可就话长了。"

要说菜菜也是不容易，作为家中唯一的孩子，菜菜向来颇得父母宠爱。可是在那样的边陲小城里，父母的宠爱并不足以让一个女孩子隔绝于亲戚邻居的窃窃私语。菜菜是个女孩，还是家中唯一的女孩。说是愚昧也好，说是荒唐也罢，在那样的小地方，若是家中没有一个男孩子撑腰，这一家人似乎就平白失了些底气似的。就连小时候大家一起玩个泥巴，菜菜都免不了被欺负，谁让她是唯一一个没有哥哥弟弟撑腰的呢。

时日久了，菜菜难免生出些怨怼。菜菜本不是个要强性子，她随妈妈，向来软糯听话。只是这样的日子过久了，泥人还要生出三分脾气呢。菜菜心里始终堵着一口气："女孩子怎么了，女孩子哪里比不过这群皮小子？"菜菜不屑地想，"总有一天也要让你们后悔，一个女孩子能顶你们十个男娃儿还不止呢！"

所以说啊，重男轻女真不是个好事情。原本甜蜜蜜、软糯糯的小团子菜菜，就这么被生生逼成了后来那个骄傲腹黑的 Jessica。

变成了 Jessica 的菜菜果然不负所望，走上了一条学霸的光辉道路，名校学历，海外镀金。菜菜一个月挣的钱足以顶得上父母一年辛辛苦苦打理小面馆挣来的钱。

菜菜总是在世界各地飞来飞去，总是在大年三十都回不了家。可想想家中亲朋好友陡然改变了的殷勤态度，想起父母终于能够在街坊四邻里的扬眉吐气，菜菜觉得这一切也都算值得。

但菜菜偶尔会撕心挠肺地想吃一碗家里的牛肉面。

所以说菜菜突然改变主意，其实并没有那么多的内情，没有小说情节里的生离死别，更没有偶像剧里的幡然醒悟。

菜菜说，真正下了决心是在某个深夜。

都说十二点下班的姑娘是干夜总会的，凌晨一点下班的姑娘是做广告的，凌晨三点下班的姑娘是进投行的。这句话出处虽然已不可查，但细想起来倒也有几分道理。

那时候，菜菜一大早刚刚飞到苏黎世，还没来得及倒时差，就被上司一纸命令派去了甲方办公室奋战十几个小时，直到腹中鼓鸣如雷，两眼昏花。菜菜这才想起来，一天下来，除了飞机上吃过一顿食之无味的飞机餐外，她竟再也没有吃过半粒米。

挥别了同样疲惫的同事，菜菜昏昏沉沉地从灯火辉煌的大楼里走下来，准备去街对角的便利店随便买一个三明治安抚自己的胃。下楼却惊喜地发现，大楼对面除了冷冰冰的便利店，竟然还有一片中国小饭馆。

这是多么难得啊！万籁俱寂的异国深夜，再没有什么比一盏写着汉字的昏黄招牌灯更能抚慰游子的心。

"那就随便吃点吧。"彼时的女强人 Jessica 想，"就算不好吃我也决不挑剔。"

开馆子的是一对中国老夫妇。店面并不大，最多不过有十个平方米。估计是为了省电，除了门口营业的招牌，也就只有靠近吧台前的那盏灯还微弱地亮着。一对老夫妻就蜷缩在灯前看电视，电视画面一明一暗地映照在老人的脸上，投射出一片斑驳的光影。

见到菜菜进来，老人显然也是吓了一跳，估计他们也未曾想到在这么深的夜里，还会有客人上门。老头起身问菜菜是不是要吃饭。菜菜答应一声后，老头去了厨房，半晌后出来，脸上带着点抱歉的意思："不好意思，今天后厨实在不剩什么东西，您看您要不去别家？"

菜菜想了想说："那还有面吗？"

"有倒是有，不过都是自家吃的，可不怎么好。"

"没关系，就随便来点儿面吧。"

老头点点头，回身去弄面。老妇人站起来拧亮灯，开暖气，拘谨地冲着菜菜笑，很有点手足无措的味道。

灯亮后，菜菜才发现，这家小店实在简陋得有些超乎她的想象。小桌子摇摇晃晃，尽管被擦得很干净，但依然能看出上面油腻的痕迹。菜菜实在已经很久没再进入过这样的小店面了，一时竟不知道该怎么坐下去。可是面对老人那张略带不安的脸，菜菜坚硬了很久的心，蓦地软下来。

菜菜坐下来，同老阿姨有一搭没一搭地聊家常。

其实菜菜并不长于此道，菜菜所熟悉的是精密的计算与冷静的决断，闲话家常对于菜菜来讲实在是浪费时间。但那一晚，菜菜特别想说点儿什么。

不过好在这并不用菜菜太费心。大概是老两口寂寞了很久，菜菜只需要挑个话头，老太太木讷的脸上便会浮现出一丝跃跃欲试的神情，没多大会儿便竹筒倒豆子般将家人朋友全都絮叨了一个遍。

老夫妻应该算得上最早一批的国内移民。十几年前便在这异国的一角开了一爿小店，供养一双儿女。现如今儿女俱算是事业有成，只是四散八方，不在身边。

大概是孤单了太久，又或者在这样安静的夜里，总会勾起人一些倾诉的欲望，看店的老太太始终拉着菜菜的手，絮絮地讲了很久的话。她抱怨儿女们不在身边，身边连个说话儿的都没有，抱怨那些该死的不让孩子们休息的老板，抱怨那些驰名海外的度假胜地。

"一年到头就几天假期，他们还吵着要去劳什子澳大利亚。要我说，去那么远有什么好的！还不如回家来，一家人团团圆圆才是好嘛！"闻言出来的老头撇撇嘴，一脸不屑的样子。

他们给菜菜看孩子们小时候的照片，念叨每一个孩子的童年趣事。他们会为了一个模糊的细节而争执不休，比如女孩子头上的那朵头花究竟是谁买给她的生日礼物。

尽管这些细节在菜菜看来根本无关紧要，但那又怎么样呢。对于父母来说，能有什么事情比记住自己孩子的模样更重要的呢？

桌子上刚出锅的牛肉升腾起的一团团热腾腾的雾气，让这间狭小清冷的店面瞬间也多了点暖乎乎的热闹劲儿。老夫妻拉着菜菜的手，一张一张给菜菜看他们积攒下来的孩子的照片。

照片一张张被翻过去，菜菜看着图片里的小孩子从襁褓幼齿长成亭亭玉立的年轻女人，眼见着身边的女人由原先美妇人的娴雅样子一点点地佝偻下去，变成现在双鬓斑白的模样。当俩老人翻完了最后一张照片时，菜菜觉得像是一场交响乐在高潮处戛然而止，原本热热闹闹的小店铺瞬间冷清下来。

老夫妻半晌没有反应过来，末了老头叹了口气，挥挥手："赶紧吃饭吧，别凉了。"

其实，那碗牛肉面早已经凉透了。

小店再次恢复了菜菜刚进来时的清冷，老夫妻蜷坐在电视机前继续看他们无声的默片，明明暗暗的光线打在他们浑浊的脸上。整个小店里只剩下菜菜的筷子偶尔碰到碗壁的声音，仿佛刚才的那些热闹从来没有存在过。

那一天，菜菜吃了格外多的面，连一滴面汤都没有剩下。凉掉的面腥冷苦涩，可菜菜说，那一刻，她突然想到了在千万里之外的家里的小面馆，还有昏黄灯光下的爸妈。

第二天，华尔街的女强人Jessica递交了辞呈。不久后，在某个西北边陲小镇的小面馆里，多出了一个衣着朴素的煮面小妹。

时隔多年，从菜菜脸上，我们看不见半点儿曾经叱咤风云的Jessica的模样，她如同所有的拉面店小妹，拿袖套擦桌子上的油腻，一点儿也不在乎。

"坦白讲，其实在很久以前我曾问过我自己，学自己不喜欢的专业，每天工作十几个小时，背井离家，孤身在外，用这些去换高薪厚酬、绿卡豪宅真的值吗？这真的是我想要的吗？曾经那些高薪水，奢侈品，甚至亲戚们不敢小觑的眼光都让我以为这算值了。可是在看到那对老夫妻的时候，我才突然听到我自己心里的声音，它告诉我不值得。"

"……"

"你会后悔吗？"我问菜菜。

她笑了："当然不。"

年华似水，岁月鎏金。不管命运最终为你端上的是满堂华宴、锦衣玉食，又或者只是一碗朴素温暖的牛肉面，但只要你心甘情愿地做了选择，即使是一碗普通的牛肉面，意义同样非凡。

牛肉面做法：

1. 牛肉切块，清水浸泡，泡大约 5 个小时，每个小时换下水；

2. 泡好的牛肉冷水入锅，大火加热至沸腾出血沫，再将牛肉清洗干净，沥干备用；

3. 准备香叶、大葱、姜片、八角、花椒等配料，洋葱切丁；

4. 热锅冷油，加入除了香葱之外的配料，炒出香味；

5. 加冰糖，炒至冰糖熔解，再加入豆瓣酱、番茄酱和香葱，炒出香味；

6. 倒入沥干的牛肉，加入生抽，翻炒至牛肉上好色；

7. 倒入适量的水，大火加热至沸腾转小火，炖 2 个小时左右，加入适量的盐调味；

8. 取出适量的汤作为面汤头，煮好的面条加入牛肉汤中，再配上适量的牛肉即可。

如果豆沙会说话

泽宁看起来真不像是会吃绿豆沙的姑娘。我认识泽宁的时候，是在伦敦苏荷区五光十色的夜店里。泽宁远远地从吧台朝我们走来，姿态妖娆，步步生莲，如同一条成了精的蛇。

同行的好友介绍："这就是泽宁。"我微笑，心里暗自惊讶。

泽宁有一头整齐而茂密的长发，可发尾却被染成了极鲜艳的枚红色，仿佛在头颅间沁出的一抹血，妖艳到肆无忌惮。她戴了湖绿色的美瞳，是一湖春水汪在了眼波里，眉骨与双眼间打了一枚闪亮的眉钉，笑起来便波光潋滟，眼角眉梢皆是风情。

"嗨。"她伸出手，腕上绽开了一朵墨色的玫瑰。

泽宁并不是传统意义上的好姑娘，她抽烟，喝酒，刺青，沉溺夜店。但泽宁并不是除了玩乐而一无是处的富二代。事实上，泽宁人不仅长得美，有趣又会玩，成绩竟也不差，所以在这以"自由"著称的学校里，泽宁颇多拥趸。

只可惜，自从在酒吧认识泽宁之后，我有相当长的一段时间都没再见过泽宁，也以为，这辈子与她的交集止于此了。

但缘分这事有时候真不好说，没多久，泽宁就大包小包地带着家当搬进了我们租住的 house，成为了我的隔壁室友。

后来才知道，泽宁与同屋的室友闹翻，于是一气之下索性换了一间 house，算是眼不见为净。

最初的时候不是没担心过，我与同屋的洋娃娃姑娘悄悄商量，这姑娘该不是脾气暴躁生活堕落，被人给赶出来了吧。

但好在我们的担心是多余的，即使同在一片屋檐下，我们之间见面也并不多。她喜交际，下课后便游走在餐馆、酒吧里。而我颇宅，除了教室、图书馆，就只窝在家里。

泽宁酒品极好，哪怕回来得晚，也从不见她借酒装疯、大吵大嚷。泽宁会在楼梯口就脱掉高跟鞋，悄没声地洗漱睡觉。

日子久了，我与洋娃娃姑娘也放下了心，日子照旧过，也算是各安其分，两不相干。以至于一个学期过去了，我与她也只停留在见面 say hello 的交情上。

我想，如果那天晚上不是那么凑巧的话，大概日子还会这么过下去。泽宁依旧是那个让我敬而远之的姑娘，虽打扮出格但不失礼貌。

说真的，虽然是吃货，但我很少无节制地那般犯馋。过午不食是我家素来的传统，奈何偏是那晚腹中馋虫鼓噪，抓心挠肺的我只想吃口甜食。忍了又忍，还是没忍住，我索性就抛下了手里的报告跑到楼下翻箱倒柜。

可没想到家里竟也早已经弹尽粮绝，上个星期囤下的甜甜圈、牛角包最后只剩下了个空袋子，连点儿渣渣都没剩。百般郁闷的我在厨房里瞎倒腾，居然让我在落满灰尘的柜子深处找到了一包没拆封的绿豆。

如获至宝地捧着小半袋圆滚滚的豆子，"正好，"我心想，"真是好久没有吃绿豆沙了。"

做绿豆沙并不是一件轻省的活儿。

干瘪而坚硬的绿豆先要在清水中浸泡，等鼓胀成像一个个绿色的小胖子后用奶锅慢火熬，熬到小绿胖子们咧开嘴笑成花。保留滗出来的汤汁儿，放入冰糖与蜂蜜调味。然后，一点点筛去豆皮，碾碎豆子。最后一份粉糯碧绿的豆沙就算是制作成功了。

这是一个无比考验耐心的过程。我从日落一直忙到夜深，才终于熬出了一小锅黏稠厚重的豆沙。不得不说，椰奶和绿豆汤混在一起被我调出来的香甜味道，真真是异国深夜里的无上享受。我满足地捧着大马克杯准备回房间慢慢享用，正好撞上了推门进来的泽宁。

那天泽宁难得回家早，照例光着脚，手里拎着她 blingbling 的亮片高跟鞋。几天不见，泽宁又换了发型。这一次丰盈的长发被剪成了寸许的板寸，额发不听话地翘着，湖绿色的大眼睛闪亮闪亮地瞧着我。

"哈！你在做什么好吃的？"泽宁跳过来，"这么香！"喝醉了的泽宁脸颊红扑扑，满脸期待地望着我。

"就是绿豆沙什么的……你要来一碗吗？"我顺手盛了一碗绿豆沙递给泽宁。

泽宁醉醺醺地接过去，眼睛亮晶晶："真是好久没有吃到过绿豆沙了啊！"说着，泽宁跳到旁边的高脚凳上，一点点舔舐杯子里墨绿色的液体，像猫。

　　喝完后，泽宁把杯子递给我，认真地看着我："你做的豆沙，真像我妈妈的味道。"

　　泽宁同我一样，算是少小离家，不过泽宁离开家的年纪比我还小得多。小学三四年级的时候，泽宁就离开家去读了寄宿制的小学，从此吃住都在学校。

　　那时候的寄宿小学不比现在，能回家的日子着实不多，有时候一个月都见不着父母几面。但也没办法，泽宁的父母都是大忙人，在那个时候就有个管着数百人的大厂子，天涯海角、走南闯北，自然没那么多时间和精力顾上泽宁。但好在有钱，于是把孩子送到寄宿学校就成了顺理成章的事情。

　　刚入读寄宿学校的时候，泽宁不是没哭过闹过。不听话的泽宁曾让生活老师足足头疼了半个月。

　　可时间长了，泽宁也就知道，自己再怎么哭嚷都无甚用处。于是泽宁明智地选择收拾起精力，开始专门欺负幼小的同学，这一折腾，又让老师们头疼了两三年。渐渐地，泽宁也开始满不在乎，离家在外有什么，反正和爸妈也不熟，还不如经常欺负小朋友有存在感。泽宁逐渐习惯了和父母聚少离多的日子。

　　可就算是这样的父母，泽宁心里也是多少有些念想。她总会期盼一些并不是很常发生的事情，比如回家见见爸妈，尝尝妈妈亲手做的绿豆沙……

　　泽宁的母亲并不是老式贤惠的女人，这个在商场上以精明强势而闻名的女人唯一还算能拿出手的一道菜大概就是绿豆沙。就这，还是在她出嫁之前泽宁的姥姥手把手教的。

可就是这唯一的拿手菜,泽宁也并不是时常能吃到。家里有保姆做饭,如果不是心情好,实在没有什么是需要劳驾这位骄矜的女主人亲自下厨。所以泽宁也就对这珍贵的绿豆沙有着格外的执念:"我妈妈做的豆沙又甜又细,还带着奶香,暖融融的,特别特别特别好喝。"

泽宁用了三个"特别"。

但这样的豆沙,泽宁也只喝到了十六岁。

那时候泽宁已经算是初懂人事,因而对父母之间的争吵并不感到意外。起因无外乎是一方生了外心,置了外室而已。泽宁旗帜鲜明地站在母亲一边,指责父亲的越轨。可私下里也不免同情一下这个几乎一生都生活在妻子强势阴影下的懦弱男人。

泽宁对父母间的争执可以轻描淡写,一语带过。尽管泽宁试图重新让他们在一起,可泽宁父母之间的离婚官司结束得几乎能用干脆利索来形容。

泽宁的母亲是一个极度爱憎分明的人,她的自尊与骄傲不会允许自己容忍一个生出外心的丈夫。而泽宁的父亲更忍受不了在生活中继续扮演妻子成功路上的陪衬人,执意要投向另一个年轻而柔弱的女人。这场婚姻的结束就像一幕一拍即合的戏剧。在短短的几个月,他们冷静干脆地分割了这场维持了近二十年的婚姻中的一切共同财产:房子,车子,公司,存款,还有泽宁。然后俩人头也不回地奔向了各自新的生活。

泽宁到现在也很困惑,为什么她突然就从父母俱全的家庭里离析出来。她很快有了新的继父、继母、弟弟,可唯独没有了家。

就像一场梦一样,高考一过泽宁就被迅速送出国。预科,本科,硕士，几年间，泽宁记不清辗转了多少所学校，来往过多少个国家，但这一切泽宁的父母都已经不再关心。对他们来讲，唯一需要知道的，只是给的钱是不是够多。

当然，钱总是足够的。泽宁有若干张无上限的信用卡，它们就随随便便堆放在她名牌钱包的夹层里。这些钱足够让泽宁买最新款的鞋子衣服包包，支付最昂贵的学费，享受最奢侈的假期。只可惜，就算有这么多钱，泽宁也再没能买到一碗有妈妈味道的绿豆沙。

"你知道吗，"厨房昏暗的灯光下，喝醉了的泽宁带着不正常的清醒意识告诉我："其实我呀，真的很爱喝绿豆沙。"

绿豆沙做法：

1. 绿豆洗净，放在清水中浸泡 2 小时；
2. 浸泡好的豆子放入奶锅中煮至开花；
3. 留出汤汁，加入适量冰糖调味；
4. 煮好的豆子放入纱布中用力挤压，直至挤出豆沙；
5. 豆沙加入适才留下的豆汤稀释后，根据个人口味调入蜂蜜或牛奶。

味至浓时是故乡

家的味道是什么？

John 说，就是外公的糖醋小排。

我与 John 并不算熟识，甚至连他的中文名都不太清楚。这栋宿舍楼仅一个走廊就散布着十几个房间，尽管大家的房间只有一墙之隔，但大家也都习惯关起门来各过各的日子，彼此间并没有多少交集。就算电梯口碰上了，也不过是点头说 Hi 的情分。

我与 John 的交情倒算得上特例，但也说不上亲厚，仔细想想，我与他最大的交情大概就是，他借过我一瓶酱油，而我教过他一道菜。

John 是英籍华裔，算不上完全的 BBC。John 是上了中学后才和家人搬来英国，除了普通话里的福建腔让人听起来太难受，骨子里还是地道的中国人。

不过他不怎么吃中餐倒是真的。我们所在的城市不大，中餐馆子又少又贵，除非富二代，否则很少有人会把下馆子当家常饭。John 与父母不在同一个城市，所以绝大多数的时候，John 要以速冻食品、炸鸡、薯条度日。

　　我第一次见 John，正是手足无措的时候。说来也是巧，原本我只打算在这个宿舍里住两个星期就去投奔小伙伴，因此身边就没怎么准备日常的生活用品，别说锅碗瓢盆，连油盐酱醋都没有备齐。

　　可谁知道朋友那边竟然出了问题，原本说好用不了几日就能腾出来的房子一时也用不成了。这下可好，我是必须在这座大宿舍里多待几个月了。两个星期还可以用外卖泡面凑合过去，可时日久了，闻着超市里冷冻食品的味道我就想发呕。

　　对于我等吃货来讲，找房子的事情暂且可以先另说，能开火做饭才是当务之急。也不知道那段时间是不是真水星逆行、流年不利，等我累死累活从超市里买来锅碗瓢盆、蔬菜小排，打算做顿好的犒劳一下自己的时候，才发现我竟忘了买酱油。这厢糖醋小排已经焯水码好就等下锅了，那厢连调料竟然都没到位。

　　英国不比国内，要想打瓶酱油得跑到几公里之外的中国超市，就算坐公交车都要半个小时。肉在锅里酱油却没在案板上的情况下，没法子，我厚着脸皮敲开了隔壁宿舍的门。

　　隔壁宿舍住的就是 John。我敲门的时候，他正戴着耳机打 DOTA 打得不亦乐乎。听我期期艾艾说明完来意，John 也大方，二话不说就退出游戏开始在柜子里东翻西找。

　　但我实在不应该对男生的调料储备抱有太大希望的。找了十分钟之后，他终于从柜子里一堆脏兮兮的泡面碗边上找到了一小瓶酱油。不是我想的老抽，而是更稀的，近乎无盐生抽的 soy。这样寡淡的酱油当然完全不足以支撑起一道正宗的、红油赤酱的糖醋小排。John 完全不能理解酱油竟然还有生抽、老抽的区别，只是满头雾水地望着我。

得，没的挑剔，先凑合一顿吧。

凑合着做出来的糖醋小排果然如我所料，清汤寡水、卖相不佳，也就吃多了垃圾食品没见过世面的 John 还能兴奋地哇哇大叫。一餐吃毕，John 十分满足："你看这样好不好，酱油你拿去用别还了，然后你来教教我怎么做小排吧！" John 双眼亮晶晶地看着我。

John 说，糖醋小排一直都是他老家家宴里必不可少的主角。当然 John 是不会做的，来到国外这么多年，John 几乎没怎么再吃到过正宗的糖醋小排。中餐馆里只有咕咾肉，用 John 的话说，那帮傻老外就知道吃死肉，完全不懂得排骨的香。此时。John 全然忘了自己是拿着英国护照的"傻老外"。

可这道菜却是 John 外公的拿手绝活，更是家宴里必备的压轴大菜。

究根追底，John 自己也搞不清糖醋小排怎么就成了家宴的保留曲了。后来 John 仔细想，大概一来是外公很拿手，二来自己小时候太爱吃，两者互相促进，也就让一道朴实无华的糖醋小排成了 John 家里压箱底的大菜。

John 祖籍福州，典型的南方男人，洗衣做饭样样手到擒来。John 的外公更是个中翘楚，一手福州菜做得出神入化，家宴年夜饭的掌厨每次必然是他。

那时候 John 年纪小，小到还没有 John 这个名字。哦，对了，John 还有个挺土的小名，那时候叫祥祥。小孩子都爱吃酸甜口儿的菜，他也不例外。有次家宴上，外公心血来潮，做了福州版的糖醋排骨，谁想这偌大一盘子肉竟然全进了 John 一个人的肚子。

"足足有二斤肉耶！"John 回想起来还是一脸余悸，"差点撑着，把大人吓个够呛。"

不过也就是那一次，外公知道小外孙爱吃小排。祥祥是家中独孙，外公也乐意纵着他。就从那时候起，John 家的家宴上再也少不了这道糖醋小排。

外公的糖醋小排做起来并不复杂，只是费油，费功夫。

按 John 的描述，大概是先把土豆和排骨裹上面粉，过油炸，炸到金黄酥脆的时候盛出来，再用糖、醋，还有番茄酱调制成红艳艳的糖醋汁儿，趁着热，哗啦一下浇到金黄的排骨上，让香气一下子逼出来。

起初的时候 John 太给外公面子，只要外公肯做，John 就能一个人包圆儿。家中叔伯长辈也宠 John，并不与他抢，久而久之，全家人都知道了：祥祥最爱吃糖醋小排。

不是没人劝过外公，糖醋小排重油重糖，小孩子吃多了可能会发胖。但外公一笑置之："那有什么，小孩子胖了才喜庆！更何况，你不知道，我家祥祥可爱吃！"语气里满是骄傲溺爱之情。

但外公不知道的是，长大之后的 John 口味早就变了。一方面，表弟表妹相继出生，John 也不好意思再继续跟弟弟妹妹们抢这"小孩子的食物"；另一方面，吃了这么多年的小排，John 确实也吃腻了。John 的新欢是舅妈的酸辣土豆丝，酸酸辣辣，土豆丝也清爽可口。相较之下，外公的糖醋小排就实在是太油、太甜腻，连里面的马铃薯块也觉得软趴趴的，没什么嚼劲。

可外公不知道 John 换口味这件事，每次 John 回家，依旧会给 John 做他爱吃的糖醋小排。

John 是外公最疼的孙子，就算是外公的小孙子，外公依旧疼爱 John 这个大孙子。每次做了小排，不管 John 在不在家，外公总是要偷偷留下点儿给大孙子。理由还是那一个：祥祥爱吃！

若是 John 正好在家，外公就像小孩子过家家一样，偷偷把 John 叫到堂屋里，端着留下的一大盆小排献宝似的让 John 先吃。John 要是吃得香，外公就乐呵呵的，用他那大嗓门儿的福州腔嚷道："哇哈啊，一盆又被你干掉了。"

John 不是没试图拒绝吃外公的糖醋小排，但总归看不下外公失落的眼神。外公看着 John 碎碎念："祥祥长大了啊，不乐意吃外公的糖醋排骨了啊！"那落寞的眼神逼得 John 不得不投降，John 只好把一盆小排吃得干干净净。外公这才喜笑颜开："哎，这才对嘛！"

后来 John 家里渐渐富裕起来，逢年过节，一大家子很少在家里开宴席，就算年夜饭也恨不得出去吃。但外公却要坚持在家里吃宴席："出去吃作甚！又贵又脏又难吃，祥祥爱吃糖醋排骨！饭店里谁能比我做得地道！"外公本来就不是好脾气的人，说多了便要急，儿女们只好作罢。

不过说也奇怪，外公可以很有耐心地待在厨房一个下午，煎炒烹炸做出一桌子菜，但出了厨房，外公的耐心就直线下降。

虽说外公最疼爱 John，但小时候 John 最怕的也是外公。在 John 看来，外公总是酷酷的，并不爱笑脸迎人，更不爱讲话。就算是对着最心爱的孙子，生起气来也会冷冰冰地不理人。尤其是看书、看电视的时候，外公是绝对不能被打扰的。

以前外公爱看电视，只要外公在家，家里的电视机就只能被外公霸占。霸占电视也就算了，脾气还大得很，这时候全家人都要小心翼翼，决计不能去打搅他。要是谁敢打扰外公看电视，外公的坏脾气就显露无疑：轻则不理你，重则可是要挨骂的。

John 幼时调皮，可没少为这个挨过骂。久而久之，外公在 John 心中的印象就极为复杂，一方面他是个脾气暴躁的小老头，可另一方面，又是疼宠自己的好外公。

的确，就算外公不像别人家外公一样和善，但外公对 John 的疼爱确实毋庸置疑。外公年轻的时候是工程师，专修无机化学，脑子无比好使，不管看什么都记得一清二楚，跟什么人都可以侃侃而谈。

上了年纪后，外公就像变了一个人，脑子不如以往，买东西也会丢三落四。外公好面子，如果忘记了什么，旁人绝对不可以提醒，非要等他自己想起来才行。否则，被削了面子的外公发起火来，全家都要遭殃。

可面对 John，即使记忆力衰退得厉害的外公也能记住外孙说的每一句话，更忘不了外孙喜欢吃的菜。

初二那年，John 的外公被确诊为肝癌晚期。期末考完试，John 带了一堆相片去看外公。

外公其实并不爱照相，所以 John 能带去的相片也就那么寥寥几张。那天都说了些什么，带去的照片有哪几张，John 早就已经记得不甚清楚。只记得有一张家宴的照片，他捧着一大碗糖醋排骨吃得正香，脑袋甚至都埋到了碗里。外公指着照片哈哈大笑，末了有点落寞地问 John："祥祥真的还爱吃糖醋排骨吗？可是姥爷没法给你做了啊！"

那时候的外公已经是病入膏肓，躺在病床上数月也未曾下床。别说是亲手做糖醋小排，恐怕连吃一块小排都很是勉强。

"爱吃，怎么不爱吃。"看着因化疗而瘦骨嶙峋的外公，John 觉得心酸，"所以外公哪，你可要赶紧好起来给我做糖醋小排！真的好好味！"外公笑笑，点点头连声说："好，祥祥等着外公回去继续给你做小排吃啊……"可 John 再也没能等到外公的糖醋小排，就在初二结束的那个暑假，外公撒手人寰。

外公走了，家里逢年过节的家宴依然继续，只是掌勺的换成了 John 的舅舅，偶尔一家子也会出去下下馆子。

菜的味道自然没的说，只不过压箱底的绝活却不再是祥祥爱吃的糖醋排骨。舅舅曾试图复制这道糖醋排骨，但怎么做都不再是外公当年做出的味道。火候不一样了，调味汁不一样了，更重要的是，灶台边站的那个人也不一样了。

再后来，John 被父母接到英国。在远离故乡的千里之外，连排骨都只被做成 BBQ 的国度，美食实在是乏善可陈。John 一边吃着千篇一律、食之无味的炸鸡、薯条，一边怀念着属于童年的，属于外公的，家的味道。

在异国的厨房，我手把手教一个拿着英国护照的"异乡人"制作糖醋小排，从腌制开始，油炸，勾芡，浇汁，末了出锅。John 尝尝味道："嗯，好吃。但好像还不是外公的味道。"

是啊，不过，那又有什么关系？在未来无数次的尝试中，John

最终也会找到一种最钟爱的滋味，然后反复地磨炼，最后固定传承。或许，也就能在这远离家乡的另一片故土上，慢慢培育出属于自己的家的味道吧。

而在此之前的每一次搬迁，每一次演变，每一朵思念，都会最终转化成为属于 John 独有的家的味道。

糖醋小排做法：

1. 排骨剁小块焯水备用，马铃薯去皮削块；

2. 排骨用两勺醋、两勺生抽、一勺糖调成的酱汁腌制半小时；

3. 排骨和马铃薯块裹少许面粉，放入油锅炸至金黄；

4. 锅中留底油，小火放入一勺半白糖炒至焦糖色，倒入炸好的排骨，用大火炒糖色；

5. 放入葱、姜、蒜爆香，加入少许老抽上色；

6. 将腌排骨的汤汁倒入锅中，加入热水没过排骨，中火炖15分钟；

7. 放入炸好的马铃薯同煮，焖15分钟；

8. 大火收汁，汁水快干时淋入一勺香醋，放少许葱花、芝麻提味即可。

更隔蓬山一万重

其实我在打算开始写这一个故事的时候，最先浮现在我脑海里的，不是别的，而是那样一张圆圆的、土里土气的脸。我一直想要描摹这个故事，却总限于单薄的笔力，每每下笔，就不知该如何开始。但我想，这样的一个故事，不管写得好不好，总归也是应该讲出来给大家听的。

故事源于一枚茶叶蛋。

我同张婶认识是在意大利的火车上。如果说欧洲真有什么不好，那火车肯定能算一条。意大利的火车是出了名的龟速，如果不想花大价钱坐高铁，那就要做足了心理准备。从米兰到威尼斯不过几百公里的路程，火车也能慢悠悠晃当个大半天。

车到中途，上来了一位黑发黑眼的中年妇女，年龄约莫在五十开外，穿了一件颜色灰暗暧昧的 T 恤衫，乱蓬蓬的头发，黑黄黑黄的皮肤，几乎让人分不清是中国人还是东南亚来的菲佣。

起初我并没有在意，可是这个女人未免也有点太烦人。从一上车，她就一屁股坐在我身边，有一搭没一搭地跟我搭着话："小姑娘是一个人出来？”

“嗯。”

“出来旅游？”

“嗯”

“哦，也对，你们放假了啊。”

“嗯。”

我一只耳朵插着耳机，尽量作简短的回答。不怪我敷衍，说真的，私心里我并不想跟她聊太多。虽说他乡遇故知是好事，但多年来，在报纸、杂志、网络上看了太多形形色色的诈骗抢劫案，因此这让我怎么也无法对一个萍水相识的女人放下戒心。可这女人也未免太不识趣，不知道是不是遇见同乡太兴奋，还是她原本就是个自来熟，尽管我心怀戒备并不太搭理她，她居然也不沮丧，依然一个人自顾自地说。

她姓张，具体叫什么名字我也记不清楚了，姑且就叫她张婶吧。

张婶是苏北人，今年不过四十出头，只是常年的日晒雨淋让她的脸干瘦黝黑得不似同龄人。张婶是出来比较早的那一批海外打工仔。屈指算算，她来意大利打工已经有十多年。用她的话说，在意大利没有她不知道的行当。

这话听起来夸张，不过倒也有几分真。张婶掰着手指给我历数她在意大利打过的工：餐馆里洗过盘子，棉纺厂里缝过床垫，干过超市里的理货员，给一家华侨做过住家保姆。这听起来简直是一部华人辛劳史。

“那真是不容易啊！”我敷衍。

张婶对我的敷衍不以为意，依旧兴奋地给我讲她的"奋斗史"。

张婶出来得并不光明磊落，尽管她讲得隐晦，但说白了就是早期偷渡过来的黑移民。这样的情况在欧洲其实并不少见，毕竟在十几年前的时候，欧洲还是很多人眼里黄金遍地的天堂。张婶的家乡里有好些个偷渡到别个国家的人，张婶时不时就能听同村人说起谁谁谁拿到绿卡了，买了大房子了，这种话听得多了，说不动心是假的。

那时候的张婶二十多岁，却早已是两个孩子的母亲。大女儿五六岁，襁褓中的小儿子还在吃奶，正是离不开妈妈的时候。如果要让张婶选择，哪个母亲愿意舍离自己的骨肉，自己一个人跑出来打工呢？

可张婶是真没办法，家里实在是太穷。且不说靠着家里的几亩薄田能不能支撑起一家人的生计，张婶的丈夫在工地上做工时还被砸了双腿。少了壮劳力，对于原本就贫困的家庭来说更是雪上加霜。实在没了办法的张婶心一横，便找了负责偷渡的蛇头。

"偷渡？"我瞪大了眼睛。

我声音略大，张婶神情紧张地左右看看，见周围风平浪静，便继而神秘地笑了。

见我对这个感兴趣，张婶便娓娓道来。要说当年偷渡到欧洲，最流行的线路有三条，简称北中南。张婶图便宜，走了最便宜也是最复杂的北线。

这条路北起俄罗斯，通过俄罗斯进入乌克兰，再辗转至波兰或者斯洛伐克，最后从德国或者奥地利的国境线上徒步穿越，最终抵达西欧。

这是最廉价却也是最危险的一条路。可纵然如此，当年的绝大多数人都和张姊一样，选了最便宜的这条偷渡之路。

毕竟大家出来都是为了赚钱，只要能够抵达他们梦想的欧洲，路上的艰难险阻自然也算不上什么。何况，还有借钱偷渡的，怎能不省一分是一分。

张姊当年就是这样，凑齐了几万块，又向亲戚朋友借了五六万，带着这一个家的指望，张姊就这样踏上了偷渡欧洲的道路。

如果摊开世界地图，从俄罗斯到奥地利不过是一条短短的十五厘米的线，而这条线张姊走了足足小半年。

从俄罗斯出发时，蛇头给张姊他们办了一个旅游签证。张姊一行人从俄罗斯坐火车直接到乌克兰。原本是打算在乌克兰稍作调整再走的，可也不知道是张姊运气好还是差，当晚就有从乌克兰转运偷渡者去斯洛伐克的车，张姊正好赶上。刚坐了五天六夜火车的张姊还来不及睡个囫囵觉，就被塞上了前往斯洛伐克的汽车。

用"塞"这个字半点不夸张，"你都想象不到我们二十多个人是怎么挤进中巴的夹缝里的。"张姊说。

为了怕被边防警察查住，所有的偷渡者都被安排躲在中巴车车底的夹缝里。当年还算瘦弱的张姊和另外一名偷渡者则被叠罗汉似的塞在了后备厢的底座下。

为了不让人发现，车板被旋紧了螺丝，因为空间太小，张姊被死死卡在夹缝里动弹不得，只能半侧着身子，每隔七八个小时才能出来活动几分钟。这样的汽车，张姊整整"坐"了两天一夜，最后终于到达了目的地——一个藏在深山中的棚子。

这个被张婶称为牛棚的简陋棚屋，是偷渡者们临时的中转站。

张婶去的时候正值冬天，大雪封山，从南方来的张婶一辈子也没有见过这样大的雪。可那时候的张婶无心欣赏，心里只有一个念头：饿。

从乌克兰到斯洛伐克的一路上，张婶几乎就没怎么吃过饭，一来食物紧张，二来在这样翻个身都不能的狭小空间里，张婶实在也没有多少胃口。等到了牛棚，张婶一行人早已经饿得头晕眼花。

负责偷渡的蛇头给每人发了两片面包后便把一群人扔在了荒山野岭，可两片面包怎么可能填饱辘辘饥肠的这些人。没的吃，偷渡者们就吃雪，"好歹能管个水饱"，张婶苦笑。

不仅没的吃，还没的睡。棚子就这么大，根本挤不下那么多人。大家就站着睡，多少算是凑合一夜。第二天，幸好来了一辆接应他们的敞篷车，张婶他们这才又吃上了些食物。之后，他们又浑浑噩噩地在几乎密闭的车厢里挨过了两三天。张婶早就不知道自己身在何处。在汽车无路可走的时候，张婶一群人又被赶下了车。

接下来的这一路，张婶跟我讲述的时候不过寥寥数语，可我却听得脊背发冷。

张婶他们在一片森林里被赶下车的时候正是深夜，张婶只记得月亮亮极了，他们一行十几个人跟在蛇头后面，在没膝的积雪里开始翻山越岭，翻越国境线的铁丝网。在经过两三天饥饿寒冷的折磨后，张婶一行人早就已经有气无力。

张婶还好，虽然是女人，但毕竟还年轻，在家也曾经下过地干过农活，多少能跟上蛇头的脚步，可其他的人就未必能有这样的运气。爬过两国交界的雪山群时，张婶眼睁睁地看着一个同行女人实在是走不动了，一屁股坐在了雪堆里。

那女人张婶认识，据说是为了替老家赌博的丈夫还债才出的国。当年一起出发的时候她还天真地计划过，等还清了赌债，就回老家支个小摊子卖杂货，怎么着也能养活一家人。

同为偷渡队伍里为数不多的女人，张婶难免有些物伤其类的难过。眼下这个还梦想着攒够钱回老家开店的女人倒在了雪堆里，眼瞅着就要被队伍落下。在这样的天气下，一个女人被落在深山老林，下场怎样不言而喻。

张婶想叫，可蛇头根本不会停。为了不被发现，一行人几乎是马不停蹄地在山谷里穿行，连吃饭也只靠压缩饼干随便打发。在这种情况下，掉队就意味着被扔在深山。

张婶过去拉了那女人一把，咬着牙跌跌撞撞地扯着她走了几百米，可再往下，张婶也没有更多的力气再去顾及她。

饥寒交迫里，张婶几乎是机械地迈动着水肿的双腿，走了整整三天才算走出那噩梦一般的森林。

那个女人呢？张婶不知道，也不敢想。只是等到一行人走出深山的时候，张婶再也没有见到过她。

"这命啊，就跟草一样贱，说没了就没了，一点儿也不值钱。"张婶说。

在奥地利交界的荒山野岭里徒步走了两三天，张婶一行人才总算走到了有点儿人烟的地方。到了奥地利，张婶一行人被关在了一间地下室，等待着国内亲友把最后的尾款打到蛇头的账户上。钱到了蛇头的账户上后，每人领了一张车票，一点儿散钱，搭车去了各自的"天堂"。

张婶当时听说意大利华人多，对偷渡的管理也比较松，便坐了几小时的大巴，来到了意大利。

可到了意大利，张婶才发现，这并不是她以为的天堂。

张婶初来意大利，举目无亲，语言不通。先是在米兰的中餐馆里，张婶窝在阴暗的后厨刷了大半年的脏盘子，一天三五百个盘子，刷到手上的皮都掉下来一层。后来有老乡在意大利开了棉纺厂，凭着原来在乡下弹棉花的技术，张婶进去做了制衣工人。

张婶每天得拿着十几斤的大熨斗，烫上百件床单、被罩。张婶没技术更没依靠，只能像个男人一样下苦力气，干别人最不愿干的活儿。张婶说，一天干下来，手臂酸得都不像她的，甚至连睡觉都不能直着身子睡，腰和颈椎全都僵了，只敢侧着身子窝在床上。

"那日子是真苦啊！"张婶感慨，最忙的时候，一天打过三份工——早上给中国超市送货，送完货赶到纺织厂做制衣工人，晚上还要去中餐馆刷盘子、擦桌子、打扫卫生。

在这样辛苦而无望的日子里，唯一支撑张婶挺下来的是每次她领到薪水时那一叠薄薄的钞票。靠着她堪称微薄的薪资，张婶一个人扛起了一个家。

张婶在外面的这些年，靠着她打工挣来的钱，两个孩子读了书，丈夫看了病，家里也盖了新房子。张婶一个月的收入不多，但会把大部分的钱寄回家。为了省钱，十多年来，张婶没有回过一次家。

　　"十多年？你一次家都没回过？！"我惊讶。

　　"是啊，有十三年了。"张姊感慨，拿出随身的钱夹，给我看里面的照片。这照片估计有一些年头了，连照片纸都被磨得有点儿模糊。她指着照片里稍大的一个姑娘对我说："看，这就是我大闺女。"她看看我，"现在也得跟你差不多大啦。"

　　"那你的孩子们呢？一直没再见过？"

　　"早些年见不着，这两年好了，我买了台电脑，好歹还能在电脑上看个影儿，"张姊说，"可就是离开的时间太长了，现在别说我儿子，我大闺女都快不认得我了。他们都得怨恨死我了吧，我这么多年都没回去过。"

　　张姊自嘲地笑，可神情里带了点忐忑："不过，再怎么样我还是他们的娘对吧？他们肯定不能怨我的对吧？其实他们心里还是亲我的对吧？"一连三个问题，张姊仿佛是憋了很久。她热切地望着我，好像我就是她那十几年未见的女儿。

　　我心里一酸："是啊，毕竟是亲娘，怎么会不亲呢。"我回答。

　　看着张姊瞬间如释重负的表情，我终于意识到，机缘巧合下，火车上张姊所说的一切，也许并不是说给我听，可能是说给她十几年未见的女儿。她曾经的九死一生，曾经在异国他乡吃的苦，对儿女的思念，她的那些身不由己，甚至是那些不能开口的隐秘的愧疚，在那一刻，我都能感受得到。

　　张姊得到了她想要的答复后，接下来的一路上，她都显得格外轻松。她喋喋不休地念叨着未来的打算——什么时候回国，回国之后要干点儿什么，女儿出嫁了要给多少嫁妆，儿子的房子得要多少面积……她兴致勃勃地跟我念叨着有关未来的一切，全然不顾我是个与她萍水相逢的陌生人。下车后的张婶，我看得出她的依依不舍。

就在张婶下车的时候，她突然从大包里掏出一个塑料袋往我手里塞，塑料袋里装了十几个红棕的茶叶蛋。"拿着吃吧，也不是什么好东西，就是自家腌的茶叶蛋。你一个小姑娘家自己在外面也怪不容易的。"

见我推辞，她笑了笑："我刚才就想给你了，不过我在旁边你肯定也不敢吃。拿着吧，婶子不是坏人。当年我走的那会儿啊，我家姑娘最爱吃我腌的茶叶蛋啦！不瞒你说，在我们那儿这也是一绝！"张婶眼里流露出一些怀念的神采，"唉，就是这么多年了也不知道手艺退步了没。你要是不嫌弃，就当是帮婶子试试味道！"

说完，张婶把袋子硬塞到我手里，沉重的袋子往身上一甩，二话不说便下了车。

想想我这半辈子，实在不知道吃过多少枚茶叶蛋。但如果她能够看得见，我想告诉她，这枚茶叶蛋，是我吃过的最美味的茶叶蛋。

那是妈妈的茶叶蛋。

茶叶蛋做法：

1. 鸡蛋煮熟，在案板上碾压熟鸡蛋直到蛋壳呈蜘蛛网状；

2. 取适量八角、大料、香叶、桂皮煮半小时，到汤汁呈红褐色；

3. 放入两个茶包，再放入准备好的熟鸡蛋，加入适量盐同煮半小时；

4. 汤汁放凉，鸡蛋浸泡在汤汁中，过夜后即可。

图书在版编目（CIP）数据

我们贪食亦贪爱 / 刘思颖著. — 北京：北京联合出版公司，
2016.6
ISBN 978-7-5502-7372-6

Ⅰ．①我… Ⅱ．①刘… Ⅲ．①故事－作品集－中国－当代 Ⅳ．
①I247.8

中国版本图书馆CIP数据核字(2016)第058961号

我们贪食亦贪爱

作　　者：刘思颖
出版统筹：新华先锋
责任编辑：徐　鹏
策划编辑：张　斌
装帧设计：杨祎妹
封面绘图：狼孩儿

北京联合出版公司出版
（北京市西城区德外大街83号楼9层　100088）
北京慧美印刷有限公司印刷　新华书店经销
字数111千字　620毫米×889毫米　1/16　15印张
2016年6月第1版　2016年6月第1次印刷
ISBN 978-7-5502-7372-6
定价：36.80元

未经许可，不得以任何方式复制或抄袭本书部分或全部内容
版权所有，侵权必究
本书若有质量问题，请与本社图书销售中心联系调换
电话：010-88876681　010-88876682